Roberta Giommi - Marcello Perrotta

Programma di EDUCAZIONE SESSUALE

11-14 anni

presentato da
Willy Pasini

illustrazioni di Antongionata Ferrari
vignette di Alberto Rebori

RAGAZZI E RAGAZZE
COME CAMBIA IL MIO CORPO
IL GIOCO, L'AMICIZIA, L'AMORE
CONTRACCEZIONE E SESSO SICURO
QUANDO NASCE UN BAMBINO

MONDADORI

SOMMARIO

Gli Autori e l'Editore ringraziano Tullia Colombo per la collaborazione prestata alla realizzazione del Programma di Educazione Sessuale

Progetto grafico originale di Federico Maggioni

www.ragazzimondadori.it

Prima edizione novembre 1992
Nuova edizione aggiornata ottobre 2011
Prima ristampa febbraio 2013
Stampato presso ELCOGRAF S.p.A.
Via A. Mondadori, 15 - Verona
Printed in Italy
ISBN 978-88-04-36038-4

AI LETTORI

Sono lieto e onorato di presentare il *Programma di educazione sessuale* realizzato dai colleghi e amici Roberta Giommi e Marcello Perrotta. Esso rappresenta, senza ombra di dubbio, quanto di meglio esista oggi a disposizione dei genitori e degli educatori che si sentono coinvolti nel campo affascinante e controverso dell'educazione sessuale.
In attesa di leggi che fissino i termini dell'educazione sessuale nelle scuole, lo sviluppo armonioso della personalità dei bimbi, dei ragazzi, degli adolescenti resta delegato soprattutto alla responsabilità familiare.
I 4 volumi che fanno parte di questo Programma, magnificamente illustrati e dal testo ricco e misurato, rappresentano per i lettori delle valide lezioni, degli strumenti a cui ricorrere, delle ragioni per discutere e confrontarsi.
Il contenuto di ogni volume è finalizzato alle diverse fasce di età, e alterna informazioni scientifiche a risposte stimolanti e prove divertenti, per dare alle curiosità dei ragazzi il giusto peso e le corrette conferme. Diceva giustamente Natalia Ginzburg che «non si può insegnare la sessualità come l'analisi logica»: un comportamento considerato intimo in un contesto affettuoso e privato, può diventare intrusivo e violento quando viene imposto nei modi e nei tempi sbagliati. I nostri ragazzi hanno curiosità e stimoli sessuali a ogni età, e genitori accorti non possono non rilevarli, a meno di guardare senza voler vedere e senza voler capire. Forse molti adulti, leggendo questi libri, rimpiangeranno di non aver ricevuto da giovani informazioni così valide e rassicuranti, forse ancora oggi, diventati genitori, c'è del disagio nel pur legittimo desiderio di offrire ai figli le migliori risposte possibili. Se il mestiere di genitore è uno dei più difficili, quello di mediatori

delle curiosità infantili è ancora più delicato. Al di là di informazioni sessuali "tecniche", in questo campo si trasmettono valori e principi, la concezione della responsabilità ma anche del piacere e della libertà. Ai giovani adulti che utilizzeranno i testi loro dedicati per risolvere dubbi e curiosità sessuali, vorrei dire che la sessualità resta una delle belle cose della vita, e ciò, malgrado le violenze sessuali in aumento e le angosce indotte dal pericolo AIDS. Senza scordare le virtù dello sforzo volto a realizzare giuste ambizioni scolastiche e sportive, non dimenticate che la sessualità contiene energie vitali, spinte creative, verifiche per la vostra identità, e non solo rischi e pericoli.
Questo Programma ha evitato gli scogli dell'igienismo e dell'erotismo disinibito, esso risponde perfettamente alle direttive dell'Organizzazione Mondiale della Sanità che fin dal 1974 ha suggerito di affrontare la sessualità umana in una prospettiva positiva, non solo incoraggiando la prevenzione delle malattie, ma promuovendo lo sviluppo della salute sessuale.

Professor WILLY PASINI
Fondatore della Federazione Europea di Sessuologia

INTRODUZIONE

Il Programma di educazione sessuale *nasce da un lungo lavoro di ricerca, dal confronto con tanti ragazzi che hanno accresciuto la nostra convinzione che parlare di sessualità è importante perché la sessualità, al di là dei presupposti biologici che ne costituiscono la base, è un fatto culturale e per questo richiede informazione, conoscenza e apprendimento.*

Contro la consuetudine di molti adulti di scegliere il silenzio, ci siamo confrontati con i ragazzi raccogliendo le loro curiosità, le paure, spesso anche le malizie e le provocazioni che sembrano nascere da informazioni confuse, a volte trasgressive, che i ragazzi cercano di raccogliere da soli, nel confronto tra coetanei, nel "passa-parola" che finisce per trasformare e deformare tutte le informazioni.

Questo volume è rivolto ai ragazzi e alle ragazze tra gli 11 e i 14 anni. Abbiamo consapevolezza che nella tappa di crescita che coinvolge questa fascia di età si può parlare e confrontarci con due tipi di lettori completamente diversi: possiamo parlare a dei ragazzi che ancora cercano i giochi dell'infanzia e la sicurezza dal mondo degli adulti, e nello stesso tempo rivolgerci a ragazzi e ragazze che hanno completato lo sviluppo sessuale e stanno vivendo le prime storie affettive e le prime conoscenze sessuali.

Questo periodo è molto difficile per i cambiamenti che accadono continuamente, perciò abbiamo immaginato i nostri lettori come capaci di seguire un loro personale percorso alla ricerca di informazioni sulla sessualità.

La sessualità è un bene individuale che richiede, per esprimersi, due condizioni: il coinvolgimento di altri esseri umani e la capacità di viverla inserita all'interno delle proprie scelte ideologiche e di valore. Insieme ai nostri interlocutori ci siamo mossi dal semplice al complesso, affidando a chi legge il compito di costruire con il libro il proprio percorso di interesse e di conoscenza, con un invito da parte nostra a seguire la curiosità, anche se non esiste ancora per molti di loro un legame tra le informazioni che leggeranno e le esperienze che stanno facendo. Alcune informazioni anticipano i tempi e i bisogni di questa età perché riteniamo che l'informazione preventiva agevoli la capacità di compiere scelte individuali consapevoli.

Questo libro si può leggere da soli, secondo un proprio itinerario, si può condividere con gli amici e le amiche della stessa età; ma è un libro da leggere anche con un adulto di cui ci fidiamo: un adulto che non si stanchi di cercare con noi le risposte ai molti perché.
In questa fase di crescita, maschi e femmine si confrontano a scuola e in palestra, misurano la forza e le possibilità uguali e diverse.
Essere maschi o femmine comincia a porsi al centro dell'attenzione tra coetanei, e si conoscono i modi più comuni di intendere la relazione tra gli uomini e le donne, e le trasformazioni culturali che si sono operate.
I 13-14 anni sono in genere gli anni delle prime esperienze, delle prime prove nei rapporti affettivi, dei colpi di fulmine, delle simpatie, delle cotte, dei primi approcci con una sessualità che cerca di farsi strada verso le esperienze che si consolideranno nel proseguire della crescita. Le esperienze piccole della sessualità, l'attenzione curiosa per il proprio corpo e il corpo dell'altro sesso, i primi segnali delle preferenze sessuali, le prime paure possono iniziare in questo periodo e possono essere positive se sono rispettate alcune regole: essere consapevoli, sicuri, usare la reciprocità, cercare il benessere.
Le piccole esperienze sessuali devono essere fatte quando abbiamo un'idea chiara del nostro sviluppo fisico, siamo sicuri che un'altra persona ci piace, non corriamo rischi per la nostra salute, l'altro ci vede a sua volta con simpatia e con attenzione, stiamo cercando qualcosa di buono per la nostra vita, per il nostro benessere. A volte in questo periodo può succedere di essere confusi, di non sentirsi ancora pronti per l'attività sessuale, di desiderare di giocare e di essere dolci per i maschi e maschiacci per le ragazzine.
Il volume inizia con un capitolo che tratta la differenziazione sessuale dal punto di vista socioculturale: viene esaminato il processo che porta all'assunzione dei ruoli sessuali stabiliti dalla società e trasmessi dalla famiglia. Parità e differenza vengono intese come diritto alle scelte e come capacità di riconoscersi in ruoli sessuali diversi.
Il capitolo "Come cambia il mio corpo" esamina le trasformazioni e i cambiamenti che lo sviluppo puberale comporta. Dedica un'attenzione particolare alle paure dei ragazzi e delle ragazze, e alle prime scoperte del piacere e del desiderio sessuale.
All'interno del capitolo, alcune schede illustrano dettagliatamente il funzionamento e i termini relativi agli organi sessuali.
Nel capitolo "Il gioco, l'amicizia, l'amore" la sessualità viene vista come scelta da inserire in un progetto di vita individuale, come

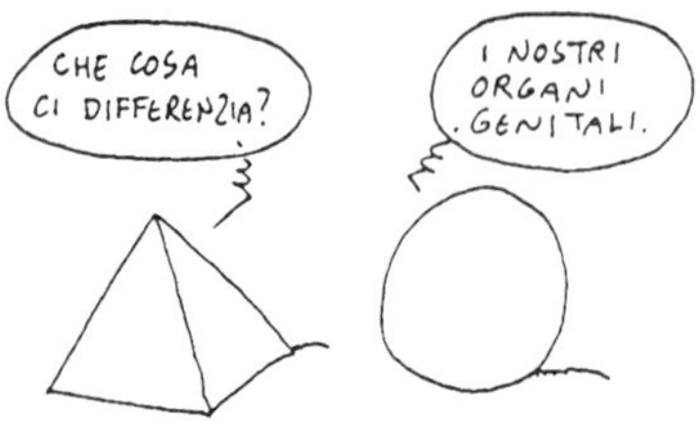

modo per esprimere l'affettività e ricercare il piacere, per comunicare e porsi in relazione con l'altro. In questo capitolo abbiamo inserito anche alcune informazioni sulla violenza sessuale e sulle molestie sessuali che possono essere compiute su di noi dagli adulti, ma anche dal gruppo dei pari. Ci è sembrato importante affermare che dobbiamo imparare a difenderci e a proteggere la nostra crescita sana.
Nel capitolo successivo vengono affrontati i temi della contraccezione e delle malattie a trasmissione sessuale, mentre in "Quando nasce un bambino" è trattato l'aspetto riproduttivo della sessualità: la fecondazione, la nascita, la differenziazione sessuale eccetera.
Accanto al testo e alle illustrazioni sono stati creati dei piccoli test per capire i nostri punti culturali di riferimento, per prendere contatto in modo più consapevole con la realtà che ci circonda. Altre esercitazioni aiutano invece a verificare il corretto apprendimento di alcuni contenuti del libro, che riguardano aspetti dello sviluppo puberale, dell'anatomia e del funzionamento dell'apparato sessuale e della funzione riproduttiva della sessualità.

ROBERTA GIOMMI
MARCELLO PERROTTA

Maschi e femmine
Nella specie umana, così come in tutte le altre specie animali, gli individui si differenziano in maschi e femmine in base alla forma dei loro organi genitali.
La *differenza sessuale* consente di stabilire se si appartiene al sesso maschile o femminile.
Per gli esseri umani, tuttavia, l'appartenenza ai due sessi non è definita solo dalle differenze fisiche, ma è anche il risultato di un'educazione, di abitudini e di norme che hanno origine nella cultura di ogni società.
Dalla nascita in poi, l'ambiente sociale ci propone comportamenti e atteggiamenti ritenuti idonei al nostro sesso, e ci guida ad assumere *ruoli sessuali* maschili e femminili.
Il primo luogo in cui i ruoli sessuali prendono forma e vengono trasmessi è senz'altro la famiglia.
Grazie all'ecografia possiamo scoprire il sesso di un bambino ancora prima che nasca, e già durante la gravidanza i genitori preparano la cameretta, i giochi e il corredino, scegliendo gli oggetti e l'arredamento considerati più adatti ai maschi o alle femmine.
Con i parenti e gli amici, alla scuola dell'infanzia e a quella primaria, bambini e bambine vengono via via invitati a comportarsi nel modo che si considera tipico di un sesso o dell'altro (pensiamo, ad esempio, all'abbigliamento o a giochi e giocattoli).
Man mano che si cresce, le norme sociali che definiscono i ruoli sessuali si fanno più precise.
Abitudini e comportamenti si differenziano sempre di più e, addirittura, certi messaggi educativi propongono veri e propri *stereotipi culturali*, cioè delle norme che tendono a fissarsi come immutabili nel corso del tempo.

Persona e società
Non è detto, però, che l'adesione ai ruoli sessuali stabiliti dalla società debba essere incondizionata.

Ognuno ha una propria sensibilità, una tendenza naturale a preferire certi atteggiamenti e comportamenti rispetto ad altri. Del resto, se non ci fossero differenze anche marcate tra gli individui, non si avvierebbero mai quei processi di rinnovamento che trasformano, a volte in modo radicale, norme e stereotipi rimasti immutati anche per molto tempo.
All'interno di una stessa società, infatti, i ruoli sessuali possono cambiare, perché è mutata col tempo la cultura che li ha prodotti. Se pensiamo alle diverse epoche storiche, ad esempio, ci rendiamo conto di quanto si siano trasformate l'immagine e la condizione della donna.
Fino a non molti decenni fa, una ragazza veniva educata fin da bambina al suo futuro ruolo di moglie e di madre, imparava presto a cucinare e sbrigare le faccende domestiche, e badava ai fratellini più piccoli. Non capitava spesso che una ragazza continuasse a studiare, si laureasse o esercitasse una professione.

Sposarsi e avere dei figli era il destino e l'obiettivo della maggioranza delle ragazze, e ha continuato a esserlo a lungo. Chi non voleva seguire questo destino, sapeva di andare controcorrente, di dover affrontare mille difficoltà pratiche e di doversi scontrare con i pregiudizi della gente.

Le qualità estetiche, il carattere, le emozioni
Oggi molti stereotipi e molti schemi di comportamento sono profondamente cambiati. Pensiamo, ad esempio, all'ideale di bellezza e al modo di vestire. Oggi le ragazze scelgono se seguire la moda oppure se adattarla alla propria personalità, e non devono più osservare le rigide regole che imponevano, un tempo, di evitare i pantaloni o di portare i guanti anche d'estate. Anche i ragazzi vestono come vogliono, e non sono obbligati alla giacca e alla cravatta, né ai calzoni corti fino all'adolescenza.
Nuovi modelli si sono affermati, distruggendo tabù antichi: la snellezza, oggi così apprezzata, nel passato era sinonimo di malattia, mentre l'abbronzatura, che adesso ci suggerisce l'immagine di una persona sportiva e di successo, una volta era tipica dei contadini e delle classi più povere, costrette a esporsi al sole per lavorare, mentre le signore aristocratiche si riparavano sotto ampi cappelli ed eleganti ombrellini.
Anche sul piano dei sentimenti e delle emozioni molte cose sono cambiate. Oggi i rapporti tra coetanei sono più aperti, e l'amicizia tra maschi e femmine non solo è possibile, ma è ritenuta necessaria per una crescita equilibrata.
Una volta era impensabile che ragazzi e ragazze giocassero insieme, frequentassero classi miste, potessero manifestare i loro sentimenti apertamente, ed erano sempre gli adulti, i genitori, a stabilire quali amicizie erano permesse e quali proibite.
I ragazzi potevano fare molte più cose delle ragazze: avevano più tempo libero e lo trascorrevano in buona parte fuori casa, potevano rientrare tardi

DAVVERO IN CLASSE CON TE CI SONO ANCHE LE FEMMINE?
GIÀ...

la sera, viaggiare, studiare: dovevano, come si diceva allora, "crearsi un avvenire".
Non è da molto che le ragazze si sono conquistate la libertà di fare sport e di muoversi autonomamente, senza troppi controlli.
E non dimentichiamo che in Italia le donne hanno il diritto di votare solo dal 1946.

Differenza o disuguaglianza
Parlare di differenza e non di disuguaglianza è dunque una conquista recente, per uomini e donne. Quando in una società si verifica un mutamento di questa portata nel modo di intendere i ruoli sessuali, nascono nuovi modelli di comportamento più adeguati ai tempi.
Invece di una netta separazione, tra i compiti di uomini e donne si è creata una spinta verso la parità; al posto di una differente valutazione delle capacità si promuove un'uguale considerazione per le qualità di ognuno.
Sul piano del lavoro, soprattutto, si è affermato il diritto a godere di pari opportunità: professioni tradizionalmente maschili sono oggi aperte anche alle donne, che possono scegliere con maggiore

libertà e che, superando pregiudizi consolidati, hanno ampiamente dimostrato di poter essere presenti nel mondo produttivo, in qualsiasi posizione e con qualsiasi mansione.
Anche nella famiglia le cose sono cambiate: non sono più sempre e solo le donne a badare ai figli e alla casa, e molti uomini trovano naturale dividere con loro questo compito.
Fra i valori nuovi che si sono affermati, c'è pure una maggiore uguaglianza tra i sessi anche nel campo dell'esperienza sessuale.

Chi pronuncia le frasi seguenti è una persona di sesso maschile o femminile? Rispondi contrassegnando per ciascuna frase la casella corrispondente al sesso maschile (M) o a quello femminile (F). Se credi che la frase possa essere attribuibile indifferentemente a un maschio come a una femmina, barra la casella N.

Se decido di cambiare la macchina resteranno meno soldi perle vacanze.

M F N

Oggi pomeriggio ero in centro e ho fatto un giro per i negozi.

M F N

Ricordati la partita di tennis per sabato mattina alle undici.

M F N

Domani devo chiedere un permesso al lavoro perché mio figlio ha l'influenza.

M F N

Devo passare in profumeria a comprare il gel abbronzante.

M F N

Ho parlato col professore di matematica, ha detto che Carlo quest'anno va molto meglio.

M F N

Puoi usare di nuovo il frullatore, ho sostituito i cavi elettrici bruciati.

M F N

Serve un armadio più grande: non so più dove sistemare la biancheria stirata.

M F N

Vado in palestra per rafforzare i muscoli.

M F N

Sto facendo una dieta dimagrante.

M F N

Vieni, ti offro un caffè.

M F N

Domani vado dal parrucchiere.

M F N

Domenica mattina prendo la moto e faccio un giro in campagna.

M F N

Preferisco i film comici.

M F N

Oggi avevo molti impegni e non ho trovato il tempo di telefonarti.

M F N

Dedico la maggior parte del mio tempo al lavoro.

M F N

Devo correre a casa a preparare la cena.

M F N

È quasi un anno che ho smesso di fumare.

M F N

Devo andare a casa per riparare il tubo del lavandino.

M F N

Ricordati di comprare l'olio e la pasta, stasera porto a cena degli amici.

M F N

Rifletti adesso sulle associazioni che hai fatto e prova a vedere da che cosa sono caratterizzate le frasi appartenenti ai tre gruppi, maschile, femminile e neutro.
Ad esempio, noti che hai attribuito al maschile tutte le frasi che si riferiscono ad abilità tecniche e al femminile tutte quelle relative alla cura dei figli, della casa o del proprio corpo?
In questo caso ti sarebbe utile rileggere il secondo e il quarto paragrafo di questo capitolo.
Hai individuato frasi appartenenti al gruppo N?
In caso affermativo, riesci a trovare anche in questo gruppo una costante?
Ci sono comportamenti, tra quelli che puoi dedurre da queste frasi, che ai tempi dei tuoi genitori o dei tuoi nonni non erano adatti a entrambi i sessi e invece adesso lo sono?
Ce ne sono invece altri che ancora oggi sono esclusivamente maschili o femminili?
Chiedi ai tuoi amici (maschi e femmine), ai compagni di classe e agli insegnanti, o ai tuoi genitori, che cosa pensano rispetto ai ruoli e ai comportamenti maschili e femminili; prova a chiederlo poi ai nonni o a persone anziane, e vedi se effettivamente ci sono differenze di opinione legate all'età o al sesso rispetto a questo argomento.

Quali di questi nomi hanno il femminile?

Architetto - Dottore - Allenatore - Chirurgo - Ingegnere - Traduttore Redattore - Parrucchiere - Ministro - Arredatore - Bagnino - Infermiere Ferroviere - Avvocato - Ispettore - Giudice - Arbitro.

La tua immagine

Il tuo corpo sta cambiando, e questo processo rapido e radicale può lasciarti disorientato: è come assistere a un film del quale sei il protagonista, senza riuscire, però, a riconoscerti in questa persona nuova; e soprattutto non sei in grado di capire e prevedere come tutto questo andrà a finire e quanto durerà.

Eri abituato alla tua immagine di "prima", e forse ora ti piaci meno: magari ti infastidisce l'acne, o non sei soddisfatto della tua statura; forse ti sembra che il seno stia diventando troppo ingombrante, oppure che la voce, cambiando timbro, abbia toni più sgradevoli.

Ansie e preoccupazioni possono nascere anche quando ti confronti con gli amici e le amiche; magari alcuni hanno già la barba e tu no, alcune hanno il seno sviluppato e tu sei ancora piatta come una bambina. Il fatto che tu stia crescendo più in fretta o più lentamente dei tuoi coetanei può causarti ansia, perché ricevi attenzioni per cui non sei pronto/a, perché ti senti inferiore, perché in ogni caso non ti senti serena/o nel tuo corpo che si trasforma e questo ti porta dolore, insofferenza.

Con la pubertà può crearsi un conflitto fra le tue emozioni e il tuo cambiamento fisico, fra la voglia di diventare grande e il desiderio di restare nell'infanzia: è importante, allora, cercare di mettere un po' di ordine in questa confusione.

Il primo passo è essere consapevoli che lo sviluppo puberale non si verifica per tutti alla stessa età e allo stesso modo: esso, infatti, ha i suoi tempi e i suoi modi, talvolta molto diversi da un individuo all'altro.

La pubertà è un periodo complesso, durante il quale il corpo, e in particolare gli apparati sessuali, si modificano, ma questa crescita fisiologica comporta anche notevoli trasformazioni interiori: cambiano le nostre emozioni, il nostro modo di stare con gli amici, di vivere le relazioni dentro e fuori la famiglia, e soprattutto quelle con l'altro sesso.

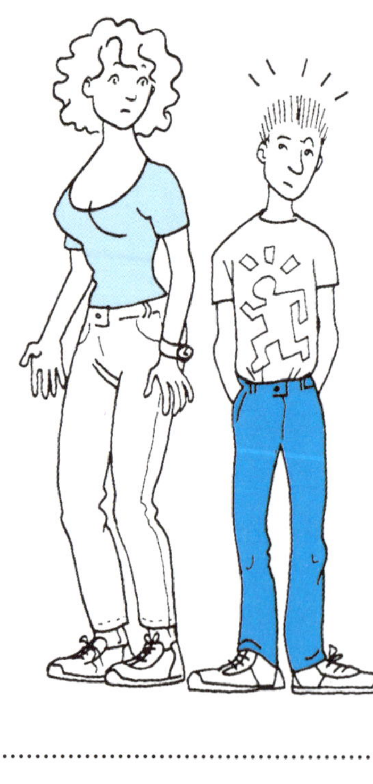

Il rapporto con i genitori

Durante la pubertà ci accade spesso di non sentirci capiti; vorremmo essere considerati grandi, sentiamo il forte desiderio di essere indipendenti, di fare scelte personali. Nello stesso tempo ci capita spesso di volere essere aiutati dalla mamma e dal papà, quando abbiamo commesso degli errori, quando ci troviamo di fronte a un problema che non sappiamo risolvere. È giusto non aspettare di avere problemi per fare domande. I genitori sanno che stiamo cercando di cavarcela da soli, e anche altri adulti che ci vogliono bene sono utili per chiedere un consiglio e la soluzione di un problema.

Il nostro corpo che sta cambiando modifica anche i gesti di affetto e vicinanza con i genitori, forse siamo un po' desiderosi e un po' spaventati dal fatto che il nostro corpo si sta trasformando.
L'intimità fisica con i genitori suscita qualche momento di imbarazzo, così come i loro gesti di tenerezza possono, talvolta, infastidire. Eppure abbiamo ancora molto bisogno di queste espressioni di affetto e vicinanza, proprio come quando eravamo più piccoli.
In tempi ormai remoti la comunità decretava la fine

dell'infanzia con particolari riti ai quali venivano sottoposti sia i ragazzi che le ragazze.
Attraverso il rito dell'iniziazione essi entravano nel mondo degli adulti e accettavano di sottostare alle regole della comunità. Durante speciali cerimonie venivano loro svelati i misteri della sessualità e i segreti del clan e della tribù; i giovani erano sottoposti a prove, anche molto impegnative, che dovevano verificare il loro grado di maturità. La via che conduceva alla maturità era ben definita e tracciata dalla tradizione. Oggi, invece, i giovani devono spesso trovare da soli la strada verso il mondo adulto, e per farlo cercano, sia all'interno della famiglia che nell'ambiente sociale, modi di comportamento che li aiutino a considerarsi grandi.

A questa età si ha bisogno di avere dei segreti in cui gli adulti non interferiscano; la confidenza dell'amico o dell'amica diventa più importante di quella del papà o della mamma, e questo può causare delle incomprensioni e talvolta anche delle discussioni in famiglia.
Il gruppo degli amici diventa particolarmente importante per sperimentare forme di indipendenza dalla famiglia. Con i coetanei dello stesso sesso ci si sente protetti e capiti, ci si confronta e si scoprono somiglianze che ci rassicurano.
Anche se il gruppo di amici è tanto importante, non è escluso che a volte si provi un forte bisogno di star soli. Non sempre gli adulti riescono ad accettare questa nostra esigenza, perché la interpretano come un segno di malessere. Ma anche quei momenti di solitudine sono necessari per riuscire a conoscere se stessi e gli altri.
Con i coetanei si condividono anche le prime scoperte sentimentali. Ci piace scherzare e giocare insieme, e raccontarci i problemi e le sensazioni nuove che si stanno scoprendo. E magari si stabilisce con l'amico o l'amica del cuore un'alleanza per avvicinare la ragazza

o il ragazzo che ci piace. L'interesse che avvertiamo per l'altro sesso è un po' diverso dalle simpatie che provavamo da piccoli, coinvolge di più il nostro corpo, la nostra emotività. Proviamo il desiderio di essere corrisposti, di avere le stesse emozioni. Può accadere di essere molto infelici, se il ragazzo o la ragazza che ci piace guardano un'altra persona o non ci prendono sul serio. Non sempre è facile vivere la pubertà. Ma presto ti accorgerai che le difficoltà di questo periodo ti consentiranno di penetrare in un nuovo mondo, fatto di scoperte, di conoscenze, di esperienze comuni a tanti altri ragazzi e ragazze.

La pubertà

Ma che cos'è esattamente la pubertà?
La differenziazione sessuale tra maschi e femmine è segnata da due tappe fondamentali di sviluppo: una durante la vita prenatale, l'altra durante la pubertà. L'embriologia ci ha rivelato, infatti, che lo sviluppo completo degli organi genitali maschili o femminili avviene tra il primo e il quinto mese di gravidanza, sotto l'influenza degli ormoni sessuali. Successivamente gli ormoni sessuali del bambino permangono in uno stato di riposo per tutta l'infanzia, fino al momento in cui inizia la pubertà, quel particolare periodo della vita in cui gli ormoni sessuali si riattivano per produrre nel corpo una serie di cambiamenti importanti, che consentiranno al ragazzo e alla ragazza di acquisire le funzioni sessuali proprie dell'età adulta, rendendoli uomini e donne capaci di avere rapporti sessuali e di procreare. Essa rimanda all'immagine di un orologio che è stato programmato per mettersi in funzione a una certa ora. I meccanismi che regolano il tuo "orologio" interno sono ancora in gran parte sconosciuti. Esiste un centro direzionale, localizzato nel cervello, e in particolare nell'*ipotalamo*, il quale stimola la produzione di un ormone specifico, che a sua volta stimola l'*ipofisi*, una ghiandola endocrina posta alla base dell'encefalo.

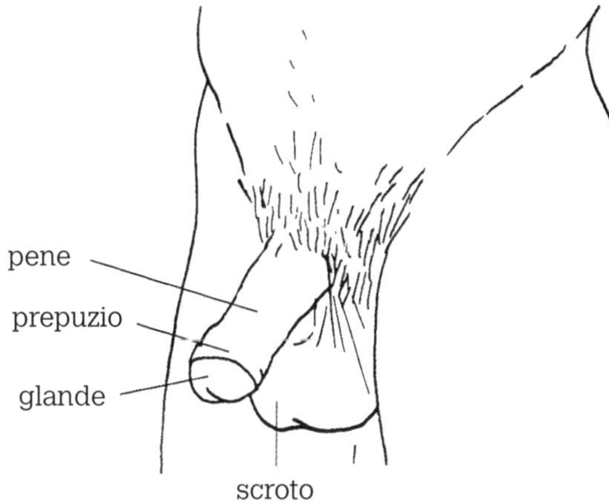

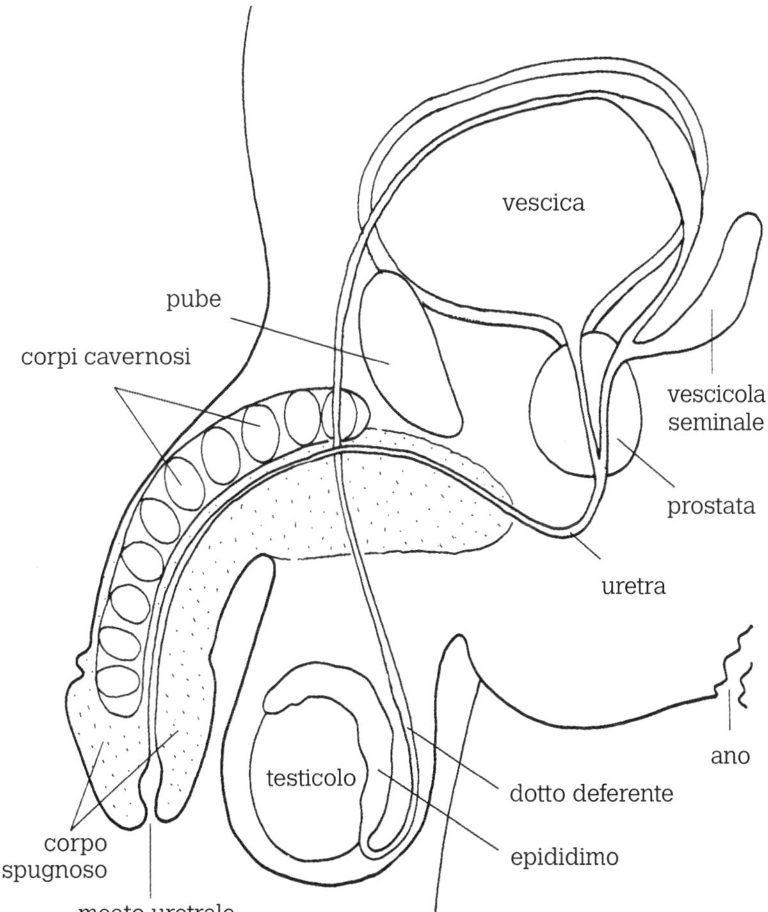

L'apparato genitale
L'apparato genitale maschile è costituito da organi esterni e organi interni.
Pene e testicoli formano gli organi esterni, cioè visibili.
Compongono gli organi genitali interni: dotto deferente, vescicole seminali, dotti eiaculatori, prostata e uretra.

Pene
È un organo piuttosto complesso, sia per la struttura che per il funzionamento.
Le sue dimensioni variano da individuo a individuo.
Il pene è costituito da due corpi cavernosi, *cavità poste in comunicazione fra loro, e da un* corpo spongioso, *che è una struttura essenzialmente muscolare.*
Il pene è ricoperto da pelle molto elastica con una parte mobile, prepuzio, *che riveste il glande e che può, quindi, scoprirlo o ricoprirlo.*
Il prepuzio è fissato alla punta del glande attraverso un sottile legamento che si chiama frenulo.
Nel glande, che è la parte finale del pene, ha sbocco l'uretra (meato uretrale).

Testicoli
Sono due ghiandole contenute nello scroto, sacchetto di pelle situato alla base del pene. La posizione dei testicoli, esterna al corpo, ha una precisa motivazione fisiologica, perché per il loro funzionamento è necessaria una temperatura più bassa di quella corporea interna.
I testicoli svolgono

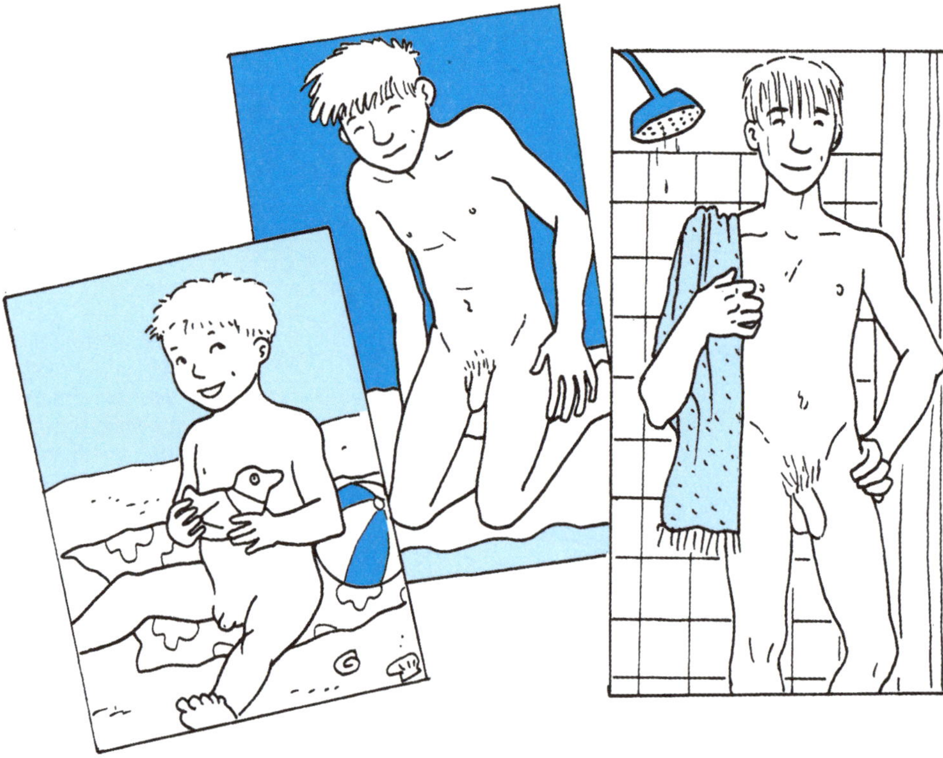

L'ipofisi, attraverso la produzione di sostanze particolari (le gonadotropine), stimola l'attivazione dei testicoli nel maschio e delle ovaie nella femmina. Questi due organi interni maschili e femminili fino a questo momento erano rimasti in una condizione di "letargo", come se, pur essendo tutto predisposto per il loro funzionamento, avessero bisogno del carburante necessario per potersi attivare e svolgere il proprio lavoro. Ovaie e testicoli sono infatti "progettati" per produrre rispettivamente gli ormoni sessuali femminili (estrogeni) e maschili (androgeni).
Questi ormoni sessuali sono i principali responsabili delle modificazioni che avvengono negli organi sessuali e nelle altre regioni del tuo corpo.

una duplice funzione: riproduttiva, *poiché in essi si formano le cellule maschili della riproduzione, gli spermatozoi, e* ormonale, *poiché secernono gli ormoni maschili, sostanze che consentono l'attivazione delle funzioni sessuali nell'uomo.*
Tra essi il più importante è il testosterone. *La produzione degli ormoni e degli spermatozoi da parte dei testicoli è regolata, come abbiamo visto, da ipotalamo e ipofisi.*

Il ragazzo

Le modificazioni puberali riguardano sia i genitali che altre parti del tuo corpo, e di norma iniziano a manifestarsi intorno agli 11-12 anni, anche se non esiste un'età di partenza uguale per tutti.
I tuoi organi genitali esterni (pene e testicoli) aumentano di volume, e la pelle che li ricopre assume gradualmente una colorazione più scura. Cominceranno a crescerti i peli su tutta la zona genitale. Solo più tardi (a volte anche anni dopo) cresceranno i peli ascellari e spunterà la barba. Anche la statura aumenterà, si allargheranno spalle e torace e crescerà tutta la massa muscolare. La voce perderà il timbro infantile e, in corrispondenza della laringe, comparirà il pomo di Adamo.
Il segnale della raggiunta maturità dei tuoi organi genitali è la comparsa della prima eiaculazione. Avviene di solito fra i 13 e i 14 anni, ma anche in questo caso ci sono ampie oscillazioni temporali del tutto normali.
L'eiaculazione consiste nella fuoriuscita dal pene di un liquido lattiginoso, il liquido seminale o sperma. Il più delle volte la prima eiaculazione avviene in seguito alla masturbazione, ma può anche verificarsi durante il sonno, magari provocata dai sogni.

Le paure dei ragazzi

Una delle paure più comuni tra i ragazzi, nel corso della pubertà, riguarda le dimensioni del pene o eventuali imperfezioni degli organi genitali. Una corretta informazione scientifica può aiutare a ridimensionare questo problema. Il pene, infatti, ha dimensioni diverse da uomo a uomo e, come abbiamo già detto, il suo sviluppo e altri cambiamenti tipici dell'epoca puberale avvengono in tempi e modi diversi, seguendo lo sviluppo proprio di ciascuno.
Alla base di queste paure c'è, da parte dei ragazzi, il sentirsi inadeguati a un modello diffuso, anche se sempre più discusso, di mascolinità. Secondo questo stereotipo, il valore di un uomo si misura dalla grandezza del suo pene, simbolo per

Il testicolo al suo interno è costituito da una fitta rete di tubicini detti tubuli seminiferi. *Di qui gli spermatozoi iniziano il loro percorso dirigendosi verso l'epididimo, un organo a semiluna che circonda il testicolo.*

Genitali interni
L'epididimo *è percorso da un unico canale, lungo all'incirca sette metri. Esso presiede a una importantissima funzione: in questo organo gli spermatozoi acquisiscono la capacità di movimento, cioè diventano in grado di muoversi autonomamente. L'epididimo continua poi nel* dotto deferente, *sottile canale che, dopo un lungo percorso, conduce alle* vescicole seminali. *Nelle vescicole seminali viene prodotto il* liquido seminale, *che serve a mantenere vivi e mobili gli spermatozoi. Identica funzione possiede anche la* prostata, *organo situato appena al di sotto della vescica urinaria. I dotti deferenti continuano poi nei canali* eiaculatori, *i quali, passando attraverso la prostata, sboccano entrambi nell'uretra. L*'uretra *è un condotto collegato sia con la vescica urinaria che con le vie genitali. Essa serve alternativamente, grazie a un sistema di valvole, per l'emissione dell'urina e del liquido seminale che contiene gli spermatozoi.*

eccellenza del potere maschile. Luoghi comuni, immagini, pregiudizi sostengono questo modello, e inoltre associano le dimensioni del pene alla capacità di avere rapporti sessuali.
Studi scientifici compiuti in materia di fisiologia sessuale hanno dimostrato che le dimensioni dei genitali maschili non influiscono sulla capacità di erezione del maschio, né sono determinanti per la risposta sessuale femminile.
Il rapporto sessuale è infatti il risultato di un incontro tra un uomo e una donna, dove la sensibilità e la reciproca disponibilità dei partner sono gli elementi che maggiormente influenzano la risposta sessuale di entrambi.
Altre paure dipendono dall'ignoranza sulla propria sessualità.

Erezione

L'erezione è provocata da una serie di eventi di carattere fisico, psichico e sensoriale che agiscono sul sistema nervoso. Quando dal sistema nervoso arrivano gli impulsi che stimolano l'erezione, un'ingente quantità di sangue affluisce nei corpi cavernosi, normalmente vuoti. Il pene quindi aumenta di volume e di dimensioni, e diventa rigido. L'afflusso di sangue è regolato da un sistema di valvole, che si chiudono durante l'erezione. Quando le valvole si riaprono e il sangue defluisce dai corpi cavernosi, il pene ritorna allo stato di flaccidità.

Eiaculazione

Anche l'eiaculazione è governata dal sistema nervoso, e il suo centro direzionale si trova nel midollo spinale. Essa consiste nella fuoriuscita dello sperma, o liquido seminale, dal pene durante l'erezione. In una prima fase, detta di emissione, si verifica la contrazione della grossa muscolatura del dotto deferente, delle vescicole seminali e della prostata. Il liquido seminale, insieme con le altre secrezioni, si raccoglie nell'uretra. Nella seconda fase, l'eiaculazione vera e propria, avviene la fuoriuscita dello sperma, attraverso il meato uretrale. Il liquido seminale, come già visto, contiene gli spermatozoi e le sostanze che consentono ad essi di sopravvivere, cioè,

Le manifestazioni di eccitamento e stimolo sessuale che caratterizzano l'età puberale maschile si verificano spontaneamente e non dipendono dalla volontà. Succede, ad esempio, che i ragazzi abbiano in questo periodo frequenti erezioni: il pene, cioè, si ingrossa e diventa rigido, magari in momenti inopportuni, ad esempio al mare o in piscina. Ci si rende conto, inoltre, di provare sensazioni di eccitamento e di piacere prima sconosciute. Tutto ciò accade in modo naturale, sia per i ragazzi che per le ragazze, e non deve preoccupare, né tantomeno suscitare senso di vergogna. Si tratta di reazioni fisiologiche normali, comuni a tutti i ragazzi e le ragazze di questa età. Conoscere la nostra sessualità aiuta a non essere vittime di pregiudizi e di informazioni sbagliate che vogliono negare o colpevolizzare quegli aspetti naturali di cui la sessualità è pervasa.

in prevalenza, acido citrico e fruttosio. In questa fase si contraggono anche i muscoli del bacino; le contrazioni muscolari durante l'eiaculazione sono involontarie, anche se sono sostenute da una muscolatura che è sotto il controllo della volontà. Questa è la fase in cui il maschio avverte il massimo piacere sessuale. Dopo l'eiaculazione c'è il deflusso del sangue dai corpi cavernosi, e il pene ritorna allo stato di flaccidità.

La ragazza

Nella ragazza lo sviluppo puberale dura circa quattro anni. L'età d'inizio varia da persona a persona, e generalmente si colloca fra i 9 e i 15 anni.
Le modificazioni del tuo corpo seguiranno una precisa sequenza.
Il primo segnale di inizio della pubertà è lo sviluppo della mammella. La ghiandola mammaria progressivamente si ingrandisce; l'areola, cioè la zona di pelle scura attorno al capezzolo, si allarga e il capezzolo a sua volta diviene più grande e sporgente sul torace. La forma e le dimensioni della mammella variano da una donna all'altra e può accadere, a volte, che i due seni crescano con tempi diversi tra loro.
Compaiono i peli sui genitali, dapprima intorno alla vulva, poi verso l'inguine e il pube. Cresceranno anche i peli sotto le ascelle, ma questo fenomeno si verificherà successivamente.
Gli organi genitali si modificano: le grandi labbra, pieghe esterne della vulva, si allargheranno e si separeranno dalle piccole labbra, le pieghe più interne; la mucosa vaginale, cioè la superficie interna della vagina, assumerà una colorazione rosea.
Oltre a un aumento di statura potrai osservare che tutto il tuo corpo si rimodellerà: il bacino cambia, perché tutto il corpo si prepara all'ipotesi della fertilità. Il segnale della raggiunta maturità dei tuoi organi genitali è la comparsa della prima mestruazione.

Le paure delle ragazze

Ci sono due preoccupazioni che accomunano tutte le ragazze: sono la crescita del seno e le mestruazioni.
Abbiamo visto che la crescita del seno è una delle prime modificazioni che avvengono nel corpo femminile durante la pubertà.
Ma quando crescerà? E quanto? E poi, qual è il seno "ideale"?
Talvolta un seno troppo piccolo o troppo

L'apparato genitale femminile
I genitali femminili si suddividono in organi esterni: vulva, *e organi interni:* vagina, utero, tube, ovaie.

Vulva
È costituita da diverse parti: il monte di Venere, *un cuscinetto adiposo posto sopra il pube e ricoperto di peli dopo la pubertà;*

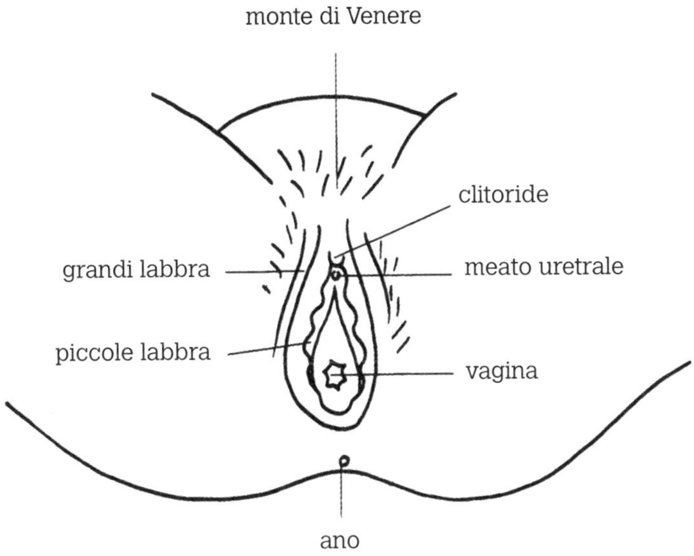

le grandi labbra, *pieghe della pelle anch'esse ricoperte di peli; le* piccole labbra, *pieghe cutanee più interne; il* clitoride, *un piccolo organo posto nella parte superiore della vulva, ricco di nervi e di vasi sanguigni, che influisce sulla risposta sessuale femminile; il* meato uretrale, *orifizio dal quale fuoriesce l'urina, posto al di sotto del clitoride; l'*imene, *una membrana che, nella donna che non ha ancora avuto rapporti sessuali, chiude in maniera incompleta l'ingresso della vagina.*

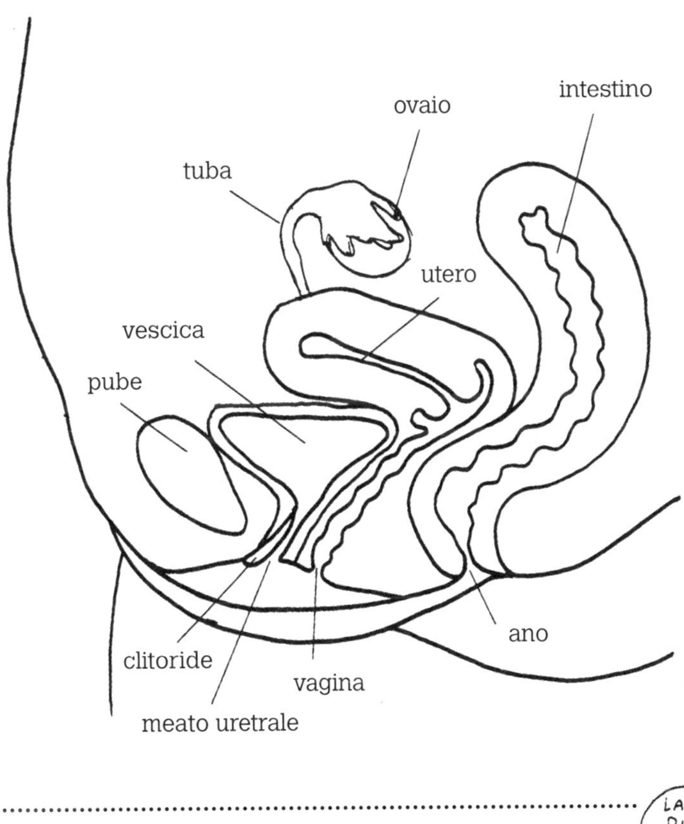

Vagina

È un condotto che mette in comunicazione la vulva con l'utero. È costituita da una mucosa che ricopre uno strato di muscolatura. La sua superficie è irregolare e formata da numerose pieghe che le consentono di allungarsi e allargarsi notevolmente.

Utero

È l'organo che accoglie la gravidanza. Ha forma di pera rovesciata e dimensioni che corrispondono al pugno di una mano femminile. È costituito da tre strati: il perimetrio, *membrana che ricopre la superficie esterna; il* miometrio, *che costituisce le pareti dell'utero ed è formato da robusta muscolatura; l'*endometrio, *mucosa che riveste l'utero all'interno.*

abbondante può essere per molte ragazze fonte di imbarazzo e di ansia, magari perché non corrisponde ai modelli che ci vengono continuamente proposti da trasmissioni per adolescenti e internet.
Anche per quanto riguarda la grandezza del seno, così come per la dimensione del pene, esistono molti luoghi comuni: avere un seno abbondante è indispensabile per essere attraenti, per piacere agli uomini e così via... È bene sapere innanzitutto che la forma e le dimensioni delle mammelle variano da donna a donna e dipendono prevalentemente da fattori ereditari.
Certo l'aspetto fisico è un elemento importante nell'attrazione tra i due sessi, ma è anche vero che ogni individuo ha un modo personale di provare questa attrazione. E infatti le preferenze

È quella parte che dà origine alle mestruazioni. L'utero ha posizione verticale, inclinato in avanti verso la vescica. Nella parte superiore comunica con le tube e nella parte inferiore (collo dell'utero) *con la vagina.*

Tube o trombe di Falloppio o salpingi
Sono due condotti (destra e sinistra) che collegano l'utero con le ovaie. Sono lunghe 12-13 cm. Esse hanno il compito di convogliare la cellula femminile della riproduzione, l'ovocita, dalle ovaie verso l'utero.

Ovaie
Sono due ghiandole a forma di mandorla e hanno la dimensione pressappoco di quel frutto. Situate appena sopra l'utero, stanno ai suoi lati e comunicano con esso attraverso le tube. Le ovaie hanno una duplice funzione: riproduttiva, *infatti in esse si forma la cellula femminile della riproduzione, l'ovocita; ed* endocrina, *poiché secernono gli ormoni sessuali femminili tra i quali i più importanti sono gli* estrogeni *e il* progesterone. *Nelle ovaie, durante ogni ciclo mestruale, giunge a maturazione un follicolo, l'organo che contiene l'ovocita. Sia il* follicolo *che l'ovocita in esso contenuto hanno dimensioni microscopiche e non sono visibili a occhio umano.*

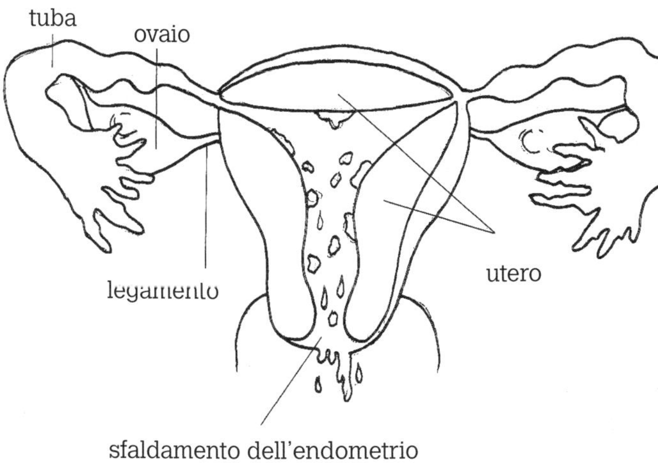

maschili sono così varie che è difficile stabilire quali siano la forma o la dimensione del seno ideale. A determinare qualità e intensità del rapporto intervengono molti fattori, che sono certamente e di gran lunga più importanti delle dimensioni di un reggiseno...
Un secondo motivo di preoccupazione è costituito dalle mestruazioni. La ragazza, ad esempio, può preoccuparsi perché le sue mestruazioni sono irregolari; può sentirsi a disagio nell'usare gli assorbenti igienici o i tamponi interni. Un tempo le donne mestruate sopportavano divieti, come non toccare le piante perché sarebbero morte, e proibizioni come non fare il bagno, non fare sport, non lavarsi i capelli. In realtà la mestruazione può creare tensione e nervosismi, può essere regolare o irregolare, ma un'informazione scientificamente corretta aiuta a chiarire molti dubbi, e soprattutto consente di accettare le mestruazioni come una normale funzione fisiologica, e di viverle in modo positivo, come segno di femminilità e di fecondità. La cosa più importante è imparare a conoscere il proprio corpo, quindi anche il proprio ciclo mestruale e le sue manifestazioni, e possedere fin d'ora una conoscenza corretta delle proprie funzioni sessuali.

Ciclo mestruale

A partire dalla pubertà e per tutta la vita feconda di una donna, a intervalli regolari, si compie sempre un medesimo processo che è la preparazione a una gravidanza.
La vita feconda della donna inizia con la comparsa della prima mestruazione (menarca) durante la pubertà e termina con la menopausa, che è l'ultima mestruazione.
La mestruazione consiste in una perdita di sangue dalla vagina e dura all'incirca 4 o 5 giorni; essa si ripete una volta al mese.
Il giorno di inizio della mestruazione viene considerato il primo giorno del ciclo, il quale, nelle donne adulte, ha una durata di circa 28 giorni.
La durata del ciclo e del flusso mestruale possono però variare in ogni donna, a seconda delle condizioni fisiche o emotive.
Il ciclo mestruale si suddivide in cinque fasi, che progressivamente preparano l'apparato genitale femminile ad accogliere la gravidanza.
La prima fase, o fase mestruale, è quella in cui avviene la mestruazione. La perdita di sangue durante la mestruazione è dovuta allo sfaldamento dell'endometrio, parete interna dell'utero, qualora non si sia verificata la fecondazione. Durante questa fase, inizia la produzione degli ormoni sessuali che agiscono sulle ovaie. Tutto il ciclo mestruale, infatti, è sotto

Bisogna aver chiaro, ad esempio, che il momento della prima comparsa delle mestruazioni cambia da ragazza a ragazza, e così variano da donna a donna la durata dei cicli e l'abbondanza del flusso.
Durante le mestruazioni possono verificarsi crampi addominali, e questo dipende dal funzionamento dell'apparato ormonale di ciascuna.
Quando si è soggette a dolori o malesseri durante le mestruazioni, si può desiderare di sentirsi accudite, ma non per questo bisogna sentirsi diverse o più deboli rispetto alle altre.
Aver cura di sé e del proprio corpo è un modo per accettarsi di più e per superare meglio le situazioni di disagio.
È importante anche imparare a riconoscere le manifestazioni premestruali: nei giorni prima dell'inizio del ciclo, infatti, si può avvertire una lieve irritabilità, mal di testa, sensazioni di peso o di malessere alla regione addominale...
Talvolta, quando il ciclo mestruale è preceduto da una situazione di malessere più complesso, si parla di sindrome premestruale. È importante

il controllo di ipotalamo e ipofisi, quindi del sistema nervoso centrale.
In particolare, l'ipofisi produce due ormoni specifici che stimolano nell'ovaio la maturazione del follicolo e dell'ovocita in esso contenuto. Questa maturazione caratterizza la seconda fase del ciclo mestruale.
Dopo alcuni giorni, generalmente verso il 12°-13° giorno del ciclo mestruale, l'ovocita giunge a completa maturazione; avviene così lo scoppio del follicolo da cui fuoriesce l'ovocita maturo e pronto per essere fecondato. In questa terza fase si verifica quindi l'ovulazione (*fase ovulatoria*).
L'ovaio produce un nuovo ormone, il progesterone, importantissimo ai fini della riproduzione, perché sotto il suo influsso l'endometrio (parete interna dell'utero) si prepara ad accogliere l'eventuale ovulo fecondato (quarta fase o fase luteale, che prende il nome dal corpo luteo, *cioè il follicolo scoppiato).*
Se non avviene la fecondazione dell'ovocita, entra in campo l'ipotalamo, il quale blocca la secrezione degli ormoni riproduttivi nelle ovaie (ultima fase o fase premestruale).
Mancando la produzione di progesterone, l'endometrio si sfalda, sanguina e dà origine a una nuova mestruazione, iniziando così un nuovo ciclo mestruale.

rivolgersi a un medico per una visita di controllo. I primi cicli mestruali, inoltre, possono essere assai irregolari: tenderanno a stabilizzarsi col tempo.
È anche importante non aver paura di conoscere i propri organi genitali: ci si può aiutare con uno specchio per individuare le zone meno visibili, che spesso si tende a ignorare, quasi non facciano parte del nostro corpo.
Conoscendo i propri organi interni, ci si rende conto delle molte paure che nascono dalla scarsa informazione. Ad esempio, qualcuna ha timore di non riuscire a usare i tamponi vaginali perché, non avendo ancora avuto rapporti sessuali, pensa di non riuscire a inserirli nella vagina. In realtà, l'imene è una membrana che chiude solo parzialmente la vagina, tanto da consentire alla ragazza di usare tranquillamente i tamponi interni durante le mestruazioni, senza pericolo di sentire dolore.
Gli assorbenti interni vanno usati con moderazione, sostituendoli spesso, per esempio ogni 4 ore, ed è bene alternarli con quelli esterni.
Conoscere l'anatomia del proprio apparato genitale aiuta anche a liberarsi dalla preoccupazione che i propri organi abbiano una conformazione imperfetta. La paura di avere la vagina stretta, ad esempio, e quindi di non riuscire ad avere rapporti sessuali o di provare dolore durante la penetrazione, è priva di fondamento. La vagina, infatti, è un organo molto elastico, che può essere contratto e rilassato volontariamente. Ha piccole pieghe al suo interno che le permettono di distendersi: il desiderio, l'eccitazione e il rilassamento evitano di provare dolore all'atto della penetrazione.

La scoperta della sessualità

Il nuovo equilibrio ormonale della pubertà, oltre a produrre tutti i cambiamenti fisici che abbiamo visto, è responsabile del risveglio dell'interesse sessuale, sia nel ragazzo che nella ragazza. L'interesse sessuale, questa nuova esperienza fatta di emozioni, sentimenti, attrazioni mai provate prima, si esprime anche nel desiderio di far

La cura del corpo nei ragazzi

Spesso i ragazzi si dimenticano che la cura del proprio corpo comprende anche una corretta igiene dei genitali.
Le attenzioni maggiori vanno dedicate al glande, perché, essendo ricoperto da una mucosa e non da pelle, è più soggetto di altre zone all'attacco di batteri che possono causare infiammazioni.
La pulizia va fatta quotidianamente, ed è consigliato l'uso di detergenti specifici (non è adatta la comune saponetta) che rispettano i valori fisiologici della pelle.
Per evitare allergie che possono colpire gli organi genitali esterni, è bene non indossare slip fatti di materiali sintetici, così come sono sconsigliati indumenti troppo stretti (sia pantaloni che slip) che, a lungo andare, possono impedire il regolare funzionamento dei testicoli, comprimendoli troppo e facendo aumentare la loro temperatura. Queste ghiandole, infatti, hanno bisogno di una temperatura più bassa di quella corporea interna.

Visita medica

Durante la pubertà può essere necessario che i ragazzi si sottopongano a un controllo medico. Generalmente la visita viene fatta dal pediatra, dal medico di famiglia oppure dallo

conoscenza con il proprio corpo e con la propria sessualità, ancora inesplorati.
La masturbazione è un modo naturale per sperimentare tutto questo, ed è un'esperienza legata a una sensazione di piacere.
Vecchi pregiudizi affermavano che la masturbazione fa male alla salute e indebolisce l'organismo: si diceva addirittura che provocasse cecità e pazzia.
Un tempo era considerata un "atto proibito", che doveva provocare solo vergogna.
Il divieto ha origini antiche, e nasce forse dalla paura che se uomini e donne avessero continuato a praticare questo piacere individuale, sarebbe diminuito l'interesse nei riguardi dei rapporti destinati alla procreazione e quindi alla continuazione della specie.
Oggi invece sappiamo che non solo la masturbazione non è responsabile di danni fisici e psichici di alcun genere, ma che costituisce un'esperienza sessuale assolutamente normale, per i giovani e per gli adulti.
Le preoccupazioni che rimangono nei genitori e negli educatori d'oggi sono di tutt'altro genere: si teme, infatti, che chi pratica intensamente la masturbazione possa restare prigioniero di questo piacere personale, e quindi provare scarso interesse per l'esterno, per la conoscenza della sessualità adulta e la conquista di un partner o di una partner.

Le paure comuni: la "prima volta"
I cambiamenti fisici e il nuovo tipo di interesse verso l'altro sesso pongono naturalmente mille interrogativi sul primo rapporto, su che cosa accadrà la "prima volta".
L'ansia che vive la ragazza è spesso dovuta alle possibili conseguenze fisiche del primo rapporto sessuale: le viene detto, ad esempio, che la prima volta che si fa l'amore si prova dolore e si hanno perdite di sangue.
Durante il primo rapporto sessuale può accadere, infatti, che si verifichi la lacerazione dell'imene.

specialista, l'andrologo, e viene richiesta quando si ritiene che possa esistere un non perfetto sviluppo degli organi genitali, come ad esempio la mancata discesa dei testicoli nello scroto, o la presenza di fimosi, cioè quando si stenta a liberare completamente il glande dal prepuzio.
Il medico osserva la forma degli organi genitali e controlla lo sviluppo delle altre parti del corpo coinvolte dalle modificazioni puberali, come ad esempio la presenza dei peli sul pube.
Quindi, attraverso la palpazione, controlla la crescita del pene e dei testicoli.
Un buon rapporto di fiducia e di confidenza con il medico aiuta a superare il senso di imbarazzo che si può avvertire, soprattutto la prima volta.

Tuttavia anche questo è estremamente variabile da donna a donna: può capitare che il primo rapporto completo causi una sensazione di dolore e la fuoriuscita di gocce di sangue, ma l'imene può anche essere così elastico da consentire il rapporto senza che intervengano né rottura né perdite ematiche.
Ragazzi e ragazze pensano spesso al primo rapporto con curiosità e con ansia al tempo stesso. Ogni società attribuisce un valore e un significato diverso alla verginità e al primo rapporto, e anche questo contribuisce a determinare le emozioni e

La cura del corpo nelle ragazze

L'igiene personale della ragazza riguarda la pulizia accurata e regolare degli organi genitali esterni e alcune precauzioni per evitare irritazioni o infiammazioni.
La mucosa vaginale opera naturalmente un'azione preventiva nei confronti di agenti esterni che potrebbero dare infezioni. La pulizia della vulva aiuta a evitare contaminazioni da parte soprattutto della flora batterica intestinale, per le quali la risposta dell'organismo non sarebbe più sufficiente.
È importante che ci si abitui a lavare regolarmente e accuratamente la zona vulvare, per evitare il contatto dei genitali con le feci e l'urina, che possono risultare nocive. È invece da sconsigliare l'uso prolungato o eccessivo di prodotti chimici per l'igiene intima, che possono danneggiare l'ambiente naturale della vagina e quindi limitarne l'azione difensiva contro i batteri. Anche la ragazza deve scegliere con attenzione gli indumenti intimi: slip, body o calzamaglie di materiali sintetici possono favorire l'insorgere di allergie nella regione vulvare.
È importante anche limitare l'uso di pantaloni stretti o troppo aderenti, o comunque alternarli regolarmente con abiti che non comprimano i genitali; così come

gli atteggiamenti di ciascuno al riguardo. In alcune culture le convinzioni religiose non consentono rapporti sessuali prima del matrimonio; in altre, il primo rapporto avviene in età precoce perché le ragazze si sposano giovanissime e debbono avere presto dei figli; in altre ancora, a ragazze e ragazzi è consentito avere rapporti prematrimoniali perché si ritiene facciano parte della loro formazione.
La "prima volta" è comunque un'esperienza molto importante per entrambi i partner: una brutta

è sconsigliabile un uso prolungato o esclusivo di assorbenti interni durante le mestruazioni, perché potrebbero insorgere fenomeni irritativi alla vagina.

Visita medica
Le modificazioni della pubertà, e in particolare lo sviluppo delle funzioni ormonali, possono richiedere un controllo medico.

esperienza, segnata da paure o preoccupazioni, può anche avere notevoli ripercussioni sulla vita sessuale futura.
Per lei, come per lui, la prima esperienza dovrebbe aver luogo perché entrambi lo desiderano e lo scelgono, in armonia con le proprie convinzioni morali, quando esista un rapporto di fiducia e di comunicazione.
Questo ci aiuta a superare le prime incertezze, a capire insieme che cosa ci è piaciuto o in che cosa, invece, non siamo riusciti a realizzare un'intesa. Capire e condividere i timori dell'altro, esprimere il proprio amore anche attraverso la reciproca rassicurazione di fronte a difficoltà o possibili fallimenti... sono tutti importanti presupposti perché si possa iniziare serenamente la propria vita sessuale e imparare a trarne il massimo piacere.

In genere è il pediatra e poi il ginecologo o la ginecologa lo specialista adatto a cui la ragazza potrà sottoporre gli eventuali problemi, o il Consultorio, dove esperti diversi potranno ascoltare dubbi e richieste.
Le manifestazioni di disagio più diffuse riguardano normalmente il ciclo mestruale e la comparsa del menarca. Potrà essere sempre il medico a indicare il momento opportuno per cominciare a sottoporsi a visite ginecologiche.
Un'abitudine, questa, che ogni donna dovrebbe acquisire dalla pubertà e conservare per tutta la vita.

Se dovessi preparare un biglietto amoroso o inviare un sms, scrivere attraverso Facebook o nel sito delle dediche d'amore un tuo pensiero, cosa sceglieresti?

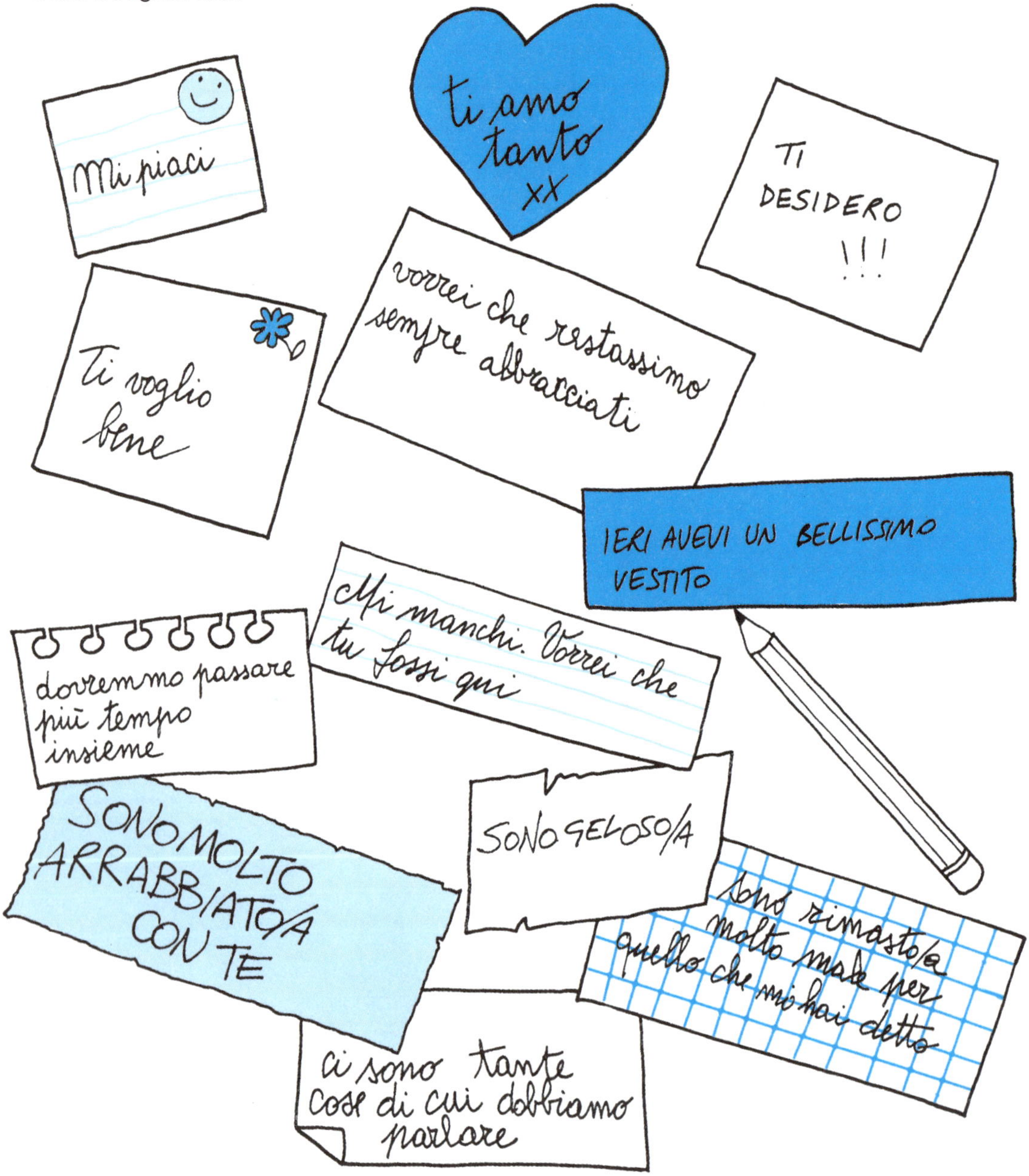

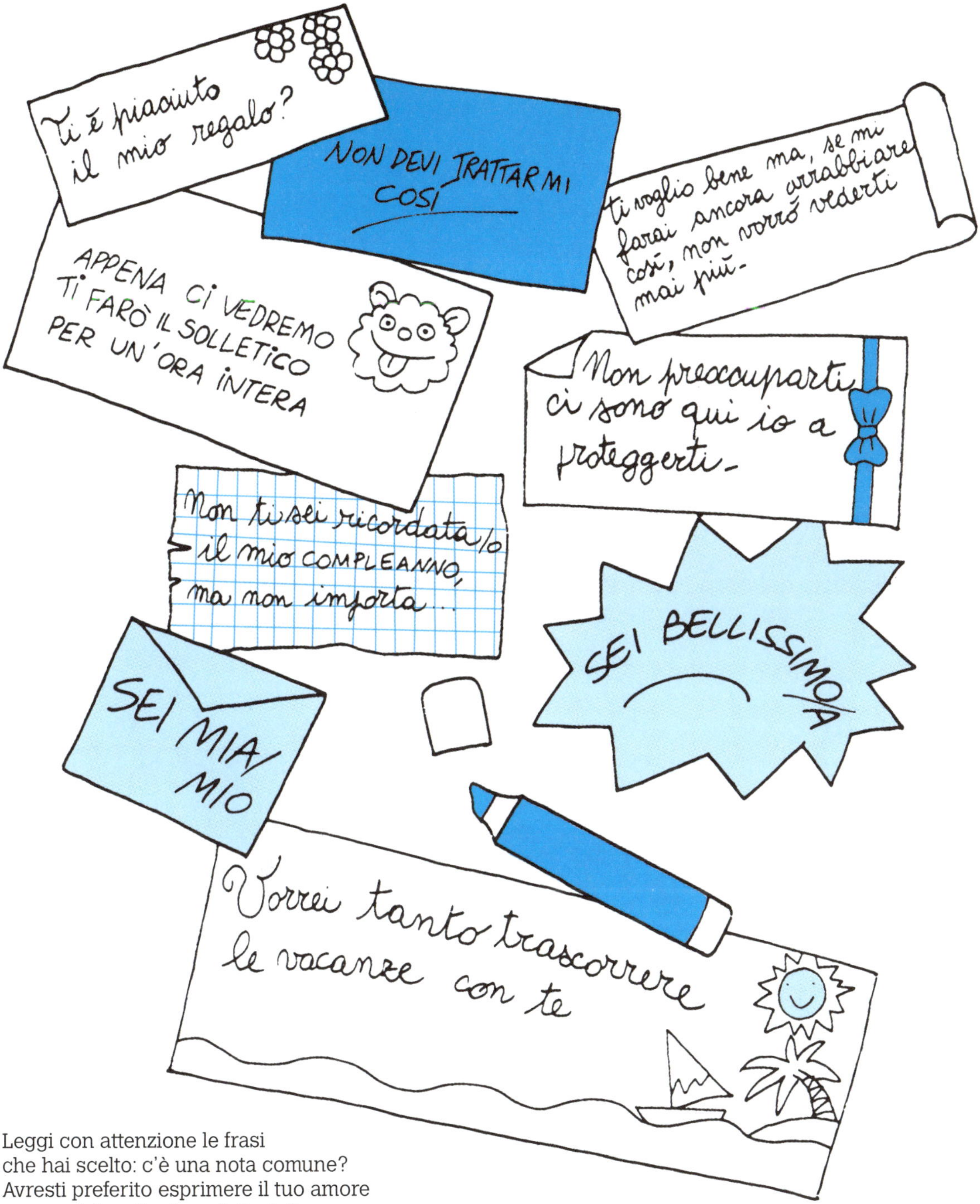

Leggi con attenzione le frasi
che hai scelto: c'è una nota comune?
Avresti preferito esprimere il tuo amore
con qualche altra frase? Quale?

Sulle figure qui sotto segna con una matita blu le parti esterne del corpo (maschile e femminile) che subiscono le modificazioni più importanti durante la pubertà.

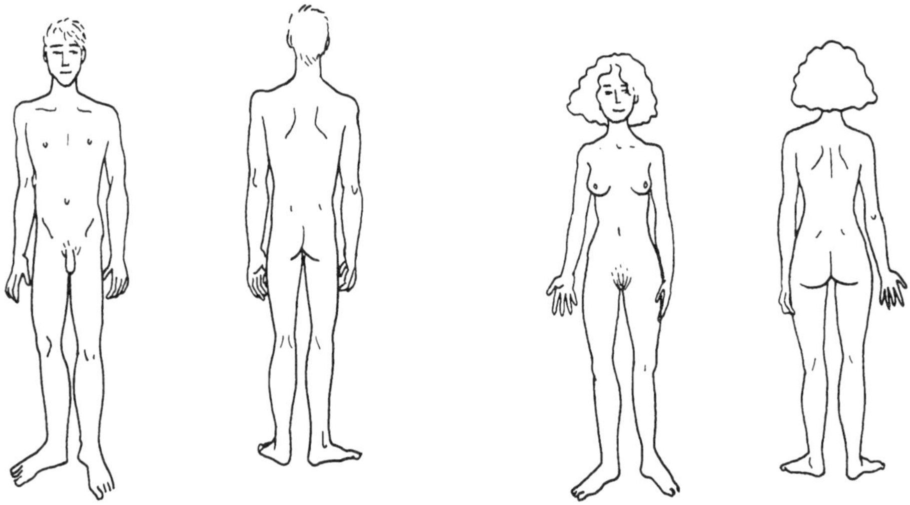

E all'interno del corpo quali sono le zone coinvolte in questi cambiamenti? Segnale con una matita rossa.

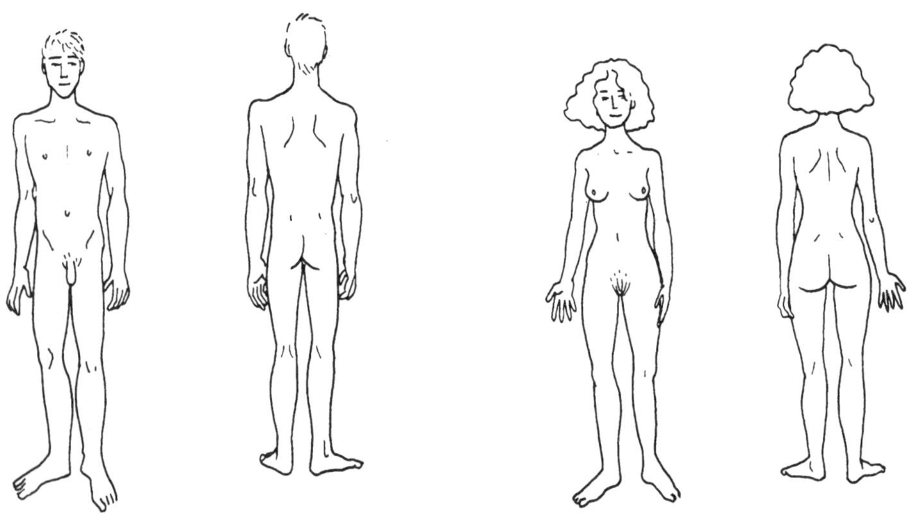

Dopo aver verificato nel quarto e nel sesto paragrafo di questo capitolo l'esattezza e la completezza delle tue conoscenze, prova a ripetere l'esercizio sulle figure qui sopra. Confronta adesso gli schemi e vedi in che cosa si differenziano, e che cosa hai potuto aggiungere dopo la rilettura del capitolo.

Cerca di riconoscere come vere o come false le affermazioni che seguono (contrassegna la casella V se vere, la F se false).

1 *La comparsa della prima mestruazione viene chiamata* menarca. V F

2 *Gli ormoni sessuali sono gli* androgeni *nella donna e gli* estrogeni *e il* progesterone *per l'uomo.* V F

3 *La pelle che ricopre il pene viene chiamata* scroto. V F

4 *L'apparato genitale maschile è costituito da* testicoli *e* pene *che sono gli organi esterni e da una serie di organi interni* (dotto deferente, vescicole seminali, dotti eiaculatori, prostata e uretra). V F

5 *L'eiaculazione è l'emissione all'esterno dello* sperma *dal pene.* V F

6 *Gli organi sessuali femminili si dividono in interni* (vulva) *ed esterni* (vagina, utero, tube, ovaie). V F

7 *L'imene è la membrana che nella donna vergine occlude in maniera incompleta l'ingresso della vagina.* V F

8 *Le* tube *o* trombe di Falloppio *sono due ghiandole a forma di mandorla che hanno una duplice funzione: riproduttiva (producono la cellula uovo) ed endocrina (producono gli ormoni femminili).* V F

9 *Il cuscinetto adiposo al di sopra del pube viene chiamato* monte di Venere. V F

10 *Il* ciclo mestruale *ha una durata di circa 12 giorni.* V F

1) Vero. - 2) Falso: al contrario, gli ormoni sessuali maschili sono gli androgeni; gli estrogeni (e il progesterone) sono invece femminili. - 3) Falso: nello scroto sono contenuti i testicoli. 4) Vero. - 5) Vero. - 6) Falso: la vulva è l'organo sessuale femminile esterno; la vagina, l'utero, le tube e le ovaie sono quelli interni. - 7) Vero. - 8) Falso: le tube o trombe di Falloppio non sono ghiandole, ma canali dentro i quali l'ovocita percorre il cammino dalle ovaie, dove viene prodotto, all'utero. Le due ghiandole a forma di mandorla a cui si riferisce l'affermazione N° 8 sono appunto le ovaie. - 9) Vero. - 10) Falso: il ciclo mestruale ha una durata di circa 28 giorni.

Le parole e i gesti della sessualità

Nel mondo animale l'atto sessuale è finalizzato alla riproduzione, e in genere l'incontro dei due sessi avviene solamente quando la femmina è feconda. Attraverso la regolare riproduzione degli individui, viene garantita la conservazione delle specie. L'istinto naturale spinge gli animali, in determinati periodi dell'anno, ad accoppiarsi, e questa loro funzione riproduttiva è assolta seguendo schemi sessuali di comportamento innati, cioè trasmessi per via ereditaria a tutti gli individui della specie. La ricerca di un partner dell'altro sesso e l'accoppiamento sono quindi dettati da un fondamentale impulso biologico alla riproduzione, che insorge quando la femmina ha l'estro, cioè si trova nel periodo dell'ovulazione. Solo in quel periodo infatti la femmina è disponibile per il maschio.

L'evoluzione umana ha fatto sì che la donna perdesse l'estro, rendendola sessualmente ricettiva in qualsiasi momento, indipendentemente dal suo periodo fecondo. Per una donna, come per un uomo, infatti, l'atto sessuale è possibile e desiderabile lungo tutto l'arco della loro vita sessuale attiva. Questo ha permesso che uomini e donne abbiano dato origine a legami di coppia più duraturi nel tempo, non solo limitati al periodo

dell'accoppiamento e dell'allevamento della prole, e li ha anche portati a esprimere precise scelte individuali nella ricerca del compagno o della compagna.
La sessualità, da manifestazione puramente istintiva e procreativa, per gli esseri umani si è andata dunque arricchendo di un insieme di nuovi comportamenti.
Uomini e donne, nel corso dei secoli, man mano che elaboravano la loro cultura, hanno attribuito alla sessualità nuovi significati e nuovi valori: essa rappresenta adesso per l'uomo e la donna il modo più diretto per esprimere e vivere l'affettività, l'amore, il desiderio d'intimità, il piacere.
Anche la capacità di procreare si inserisce in questa dimensione, che è quella della scelta e non più del bisogno dettato dall'istinto.

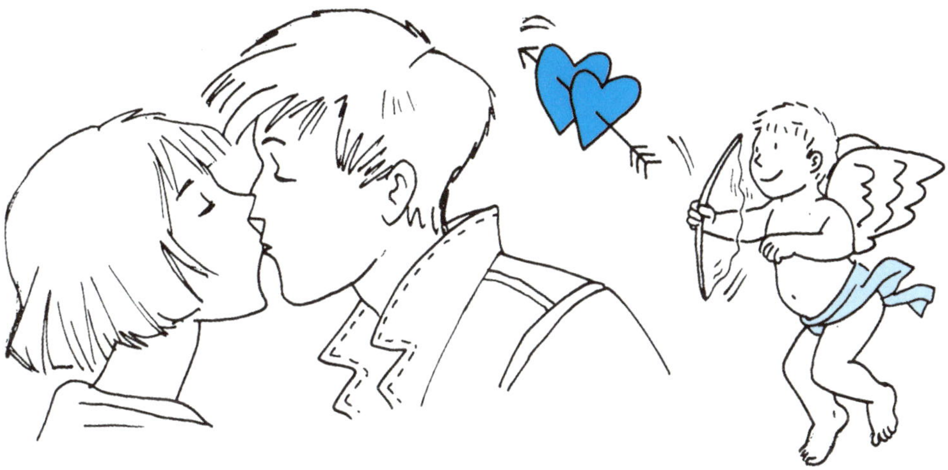

La sessualità e il gioco
La ricerca del piacere è un desiderio naturale che ha origine fin dalla primissima infanzia. Inizialmente il neonato sperimenta le sensazioni di piacere attraverso la bocca. Nutrirsi, infatti, per lui significa soddisfare non solo un bisogno primario dettato dalla fame, ma anche il forte desiderio di succhiare.

Per il neonato è piacevole anche venire accarezzato, lavato e massaggiato, o tenuto in braccio, perché il calore della mamma lo rasserena e lo rassicura. Dopo alcuni mesi, il bambino scopre il piacere di esplorare il proprio corpo: si osserva allora i piedi, le dita delle mani, gioca con i suoi genitali. Abbiamo visto come più tardi, durante l'età puberale, questo stesso desiderio rappresenti, per il ragazzo e la ragazza, una nuova forma di conoscenza di se stessi tipica di quel periodo. Conoscere il proprio corpo e averne un'immagine completa e armoniosa consente di sentirsi a proprio agio e di avere un buon rapporto con esso.

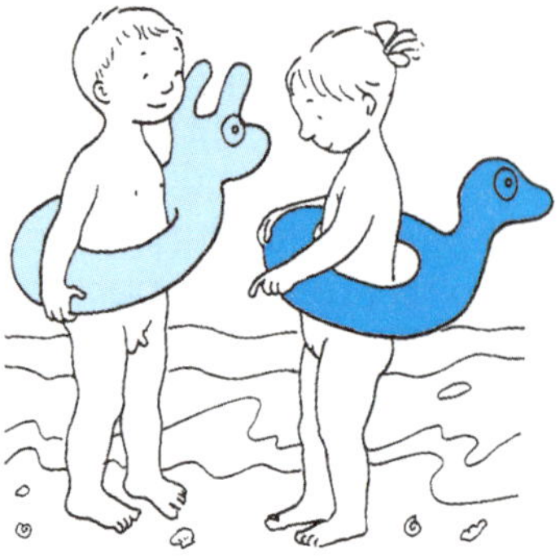

Spesso, tuttavia, siamo portati a considerare brutte o addirittura vergognose certe parti del nostro corpo, soprattutto i genitali.
Tutto il nostro corpo, invece, è un grande strumento che comunica con noi e che ci fa comunicare con gli altri. Attraverso la pelle riceviamo i segnali di piacere che ci vengono trasmessi dagli apparati percettivi e sensoriali.
Imparare a conoscere queste sensazioni piacevoli, a scoprire le molteplici emozioni che il nostro corpo ci dà, sono tutti passi importanti verso la gioia dell'incontro sessuale.

Star bene insieme
Se stiamo imparando a conoscere il nostro corpo e i messaggi che esso ci trasmette, scopriamo la gioia di poterci esprimere liberamente attraverso gesti, sguardi, atteggiamenti. Abbiamo voglia di abbracciare ed essere abbracciati, di tenerci per mano, di esprimere comprensione o solidarietà con una carezza.
I maschi e le femmine scoprono che ogni sesso ha un suo modo di comunicare attraverso il corpo: per esprimere affetto, molti ragazzi privilegiano atteggiamenti camerateschi, scherzi e gesti esuberanti, mentre le ragazze scelgono per lo più atteggiamenti di intimità.
È bene, tuttavia, cercare di non chiuderci negli stereotipi di comportamento tipici dei due sessi.

Se infatti il desiderio che avvertiamo è quello di entrare in relazione con l'altro o con l'altra, dobbiamo imparare a osservarci per scoprire i modi diversi attraverso i quali il corpo dei ragazzi o delle ragazze ama comunicare. Questo ci aiuta a non chiuderci, e a trovare i linguaggi comuni che la sessualità richiede.

L'amicizia e l'amore

Ogni specie animale possiede un repertorio tipico di corteggiamento, e gli individui della medesima specie si comportano fondamentalmente nella stessa maniera: attraverso richiami sessuali

specifici, come l'esibizione di un vistoso piumaggio o uno sfrenato inseguimento, il maschio e la femmina comunicano la propria disponibilità all'accoppiamento.
Nella specie umana, invece, la situazione è molto più complessa. Gli atteggiamenti di corteggiamento possono essere i più vari, e la scelta stessa del compagno o della compagna dipende da un insieme di fattori che mettono in campo aspetti intellettuali, emotivi, sociali della personalità di ciascuno.
Come per altri schemi di comportamento, anche le modalità e il significato del corteggiamento subiscono delle variazioni, a seconda del tipo di cultura in cui si vive e dell'epoca storica che la caratterizza.
Fino a qualche tempo fa, ad esempio, nel nostro Paese il corteggiamento era prerogativa del maschio, che doveva "conquistare" la donna.
Dal canto suo, la donna che desiderava suscitare le attenzioni di un uomo metteva in atto la propria capacità di "seduzione".
Oggi che i ruoli sessuali tendono spesso a sfumare l'uno nell'altro, i comportamenti maschili

e femminili si alternano, e spesso chi prende l'iniziativa è la donna mentre, da parte sua, l'uomo va scoprendo il piacere di sedurre, di suscitare interesse e attrazione.
Possiamo rendercene conto osservando i modelli maschili proposti dal cinema, dalle trasmissioni televisive, dalle riviste di moda, da internet, vivendo in mezzo ai ragazzi e alle ragazze. Ci sono grandi cambiamenti: i ragazzi come le ragazze sono grandi consumatori di prodotti estetici, si depilano, stanno attenti al loro corpo. Cercare di avere uno stile personale, proteggere la bellezza va bene se non diventa una vera ossessione, perché è importante sapere che la prima attrazione è legata allo sguardo, ma poi ci sono tante cose che determinano simpatia, attrattiva, amore.

Le simpatie
Quando incontri un'altra persona, ciò che ti colpisce inizialmente sono i caratteri esteriori: il suo aspetto fisico, il modo di vestire, le espressioni del viso, come parla e si muove. E anche tu, nello stesso modo, dai all'altro o all'altra le prime informazioni su di te.

Non è solo parlando, infatti, che puoi comunicare: tu comunichi con tutto il tuo corpo. Un certo modo di camminare, il gesto con cui ti accomodi i capelli o ti sistemi nel banco a scuola, un modo di guardare che appartiene soltanto a te: tutto contribuisce a suscitare i primi sentimenti di interesse e attrazione in noi e negli altri.
Quando scopriamo che una persona ci piace, spesso la cosa più difficile è trovare il modo per avvicinarla. Allora chiediamo aiuto agli amici, mandandoli in avanscoperta a esplorare se la ragazza o il ragazzo che vorremmo incontrare ha lo stesso nostro desiderio.
Con il passare del tempo cerchiamo di avvicinarci di più, possiamo chiedere il numero del cellulare e mandare sms, possiamo chiedere l'amicizia su Facebook e costruire momenti di gruppo per uscire insieme. Questi "giochi di apertura" servono per farci conoscere, per avere notizie dell'altra persona. Frequentandosi, scopriamo altri aspetti del carattere, si sciolgono le timidezze, si possono esprimere emozioni e sentimenti. In amore sono importanti intuizione e conoscenza. Se l'attrazione riguarda non solo il corpo ma anche le parole, il modo di fare, il senso di fiducia, forse siamo nel giusto.

Le cotte
Quando nasce la prima cotta ci si trova disorientati, a volte non pare vero che anche l'altro provi le stesse sensazioni, l'amicizia diventa così forte ed esclusiva che l'emozione ci sembra quasi insostenibile.
Alcune volte le nostre passioni, soprattutto da parte delle ragazze, sono dedicate a persone che non conosciamo personalmente o che hanno un fascino particolare, ad esempio un cantante o un divo del cinema, oppure un insegnante.
Le cotte per i cantanti sono le più diffuse tra le ragazzine e possono anche essere collettive: si costituiscono i club delle fans, ci si consiglia a vicenda per scrivere le lettere e ottenere un autografo o per collezionare le copertine dei dischi o le fotografie.

Gli adulti a volte temono che queste passioni ideali si trasformino in fissazioni o in fughe dalla realtà, ma se sono un modo per giocare e per stare con il gruppo delle amiche, non si deve avere timore di viverle.
Ciò che contraddistingue questa età, anche sotto l'aspetto affettivo, sono le grandi emozioni che si provano: una gioia intensa e, insieme, la paura che tutto possa finire subito, che sopraggiunga un altro o un'altra che possono piacere più di noi, oppure la sensazione che il dolore per un amore non corrisposto sia troppo forte da sopportare...

Non si deve aver paura di innamorarsi, di vivere i propri sentimenti, di esprimere le nostre emozioni, di provare piacere nel dare un bacio o di vivere momenti di intimità. Tutte queste esperienze guidano la nostra educazione sentimentale e ci aiutano a costruire la nostra vita amorosa e sessuale con serenità.

Eterosessualità e omosessualità
Come abbiamo visto la sessualità si definisce rispetto al genere biologico (essere fisicamente maschio e femmina), rispetto ai ruoli sessuali e all'orientamento del desiderio e dell'amore.
La maggioranza degli uomini e delle donne è attratta da persone dell'altro sesso. Questa attrazione è all'origine della scelta e dell'esperienza eterosessuale. Il comportamento eterosessuale, cioè il rapporto sessuale tra maschi e femmine, viene in genere considerato il più aderente alla norma biologica e sociale.
Alcune persone provano invece interesse sessuale ed esprimono la sessualità prevalentemente o esclusivamente con persone dello stesso sesso. Queste persone vengono chiamate omosessuali, dalla parola greca *omoios,* che vuol dire uguale, cioè sono maschi e femmine che provano attrazione sessuale e amore per persone del loro stesso sesso. L'omosessualità è una delle dimensioni dell'orientamento sessuale.
Durante l'adolescenza si possono fare esperienze sessuali con persone dello stesso sesso senza che questo definisca l'orientamento. Spesso questo accade per facilità e vicinanza e può essere naturale provare desideri e fantasie verso compagni e compagne del proprio sesso.
Nell'adolescenza tutti i comportamenti sono visti come tappe di sviluppo. Successivamente all'adolescenza, la costanza del desiderio, dell'eccitazione e dell'amore verso persone dello stesso sesso può portare a definirsi come gay e lesbiche.
Si sono fatte molte ipotesi sulle ragioni

dell'orientamento omosessuale. Studiosi diversi hanno cercato le cause dell'omosessualità nelle funzioni ormonali (differenze dei valori del testosterone nei maschi e valori più alti di androgeni nelle femmine), nelle relazioni familiari, nei rapporti con il genitore del proprio sesso e del sesso opposto (madre dominante, padre fragile o estraneo eccetera), e nelle situazioni intrapsichiche (disturbi della personalità, sintomi psichiatrici).
Queste ricerche di cause e motivi non sono riuscite a determinare risposte certe, e quindi si è preferito alla ricerca dei *perché* la descrizione del *come* gli omosessuali vivono nella società e nel rapporto con gli altri.
Un primo elemento da valutare è che gli omosessuali sono diversi tra loro come gli eterosessuali, vanno considerati come singoli

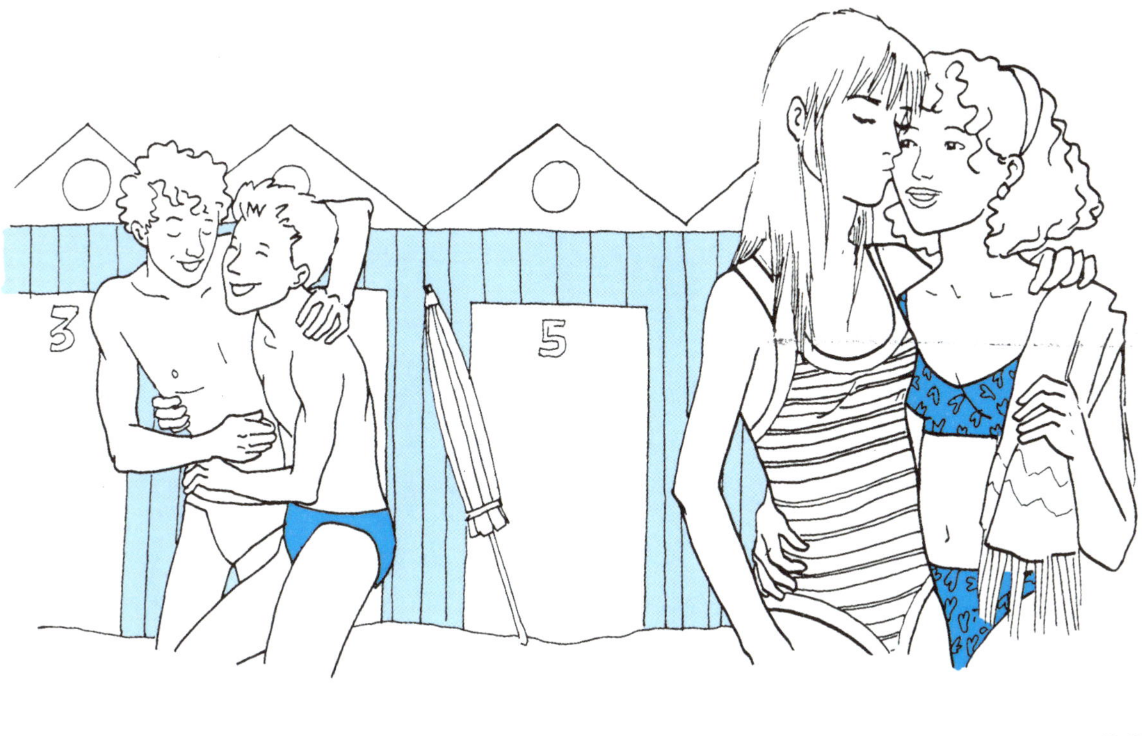

individui differenti l'uno dall'altro. Soltanto le condizioni di isolamento e di aggressione sociale hanno portato queste persone a vivere in gruppi chiusi e ad assumere comportamenti di gruppo. L'omosessualità è stata a lungo considerata una malattia, o una deviazione, verso la quale era doveroso mettere in guardia ragazzi e ragazze. Era segno non solo di diversità, ma anche di vergogna e di peccato, e questo modo di vedere le cose ha costretto molte persone all'isolamento e a subire l'aggressività della società.

In realtà, quando parliamo di omosessuali ci riferiamo a persone la cui vita sociale e affettiva ha valore e dignità uguale a quella di tutti gli altri, e che hanno diritto alla vita di relazione e a poter esprimere la propria affettività in un clima di reciproca accettazione sociale.

La "prima volta"

Quando due persone si scelgono, ciò che desiderano maggiormente è di stare il più possibile insieme, di esprimere il proprio affetto con parole e gesti di tenerezza, di gioco, di gioia. Può nascere il desiderio di fare l'amore, perché è il modo più diretto e intenso di condividere i molti sentimenti che si vivono all'interno di una relazione e di dare e ricevere piacere attraverso il corpo.
Spesso i ragazzi e gli adulti chiedono quale sia l'età giusta per avere i primi rapporti sessuali. Si può rispondere che non esiste un'età giusta, un periodo predeterminato. Potremmo dire, piuttosto, che il momento migliore per sperimentare l'atto sessuale è quello in cui si riconosce di aver compiuto il proprio percorso di crescita individuale.
Importante per entrambi i sessi è non confondere sessualità e procreazione, sapere che anche la prima volta una ragazza può rimanere incinta, se non si fa uso di mezzi contraccettivi.
Sperimentare la sessualità, il gioco, l'intimità è un'esperienza che può dare piacere, ma può diventare un dramma, se poi ci si deve confrontare con una gravidanza involontaria.
Può accadere che la richiesta di far l'amore ci venga dall'altro o dall'altra, ma noi non ci sentiamo pronti: se decidessimo di provare ugualmente, la nostra scelta non dipenderebbe dalla maturazione personale, ma solo dal desiderio di compiacere il partner. Altrettanto sbagliato è considerare la "prima volta" come una prova obbligata del nostro diventare grandi, oppure, al contrario, frenare qualsiasi scoperta della sessualità soltanto perché l'educazione che abbiamo ricevuto può aver creato sensi di colpa, divieti, disagi.

Ciò che è davvero importante è capire l'origine delle nostre paure e dei nostri desideri, e che ciascuno scelga le tappe della propria sessualità sulla base dei personali processi di maturazione.

Il piacere

Quando l'uomo e la donna fanno l'amore, dal contatto tra i loro corpi nasce una forte tensione emotiva; è un modo intimo e profondo per comunicare e per provare sensazioni di intenso piacere. Nasce il desiderio di toccarsi, accarezzarsi, baciarsi e tutto il corpo ne viene coinvolto.
In seguito all'eccitamento che reciprocamente nasce dal contatto corporeo, negli organi sessuali si producono dei cambiamenti fisici: il pene si ingrossa e si indurisce e la vagina si lubrifica.
Dopo i preliminari, che aiutano a entrare in sintonia con il desiderio e con il piacere, se sentiamo di essere pronti, si realizza l'atto sessuale completo che, nel rapporto tra uomo e donna, consiste nell'introduzione del pene nella vagina.

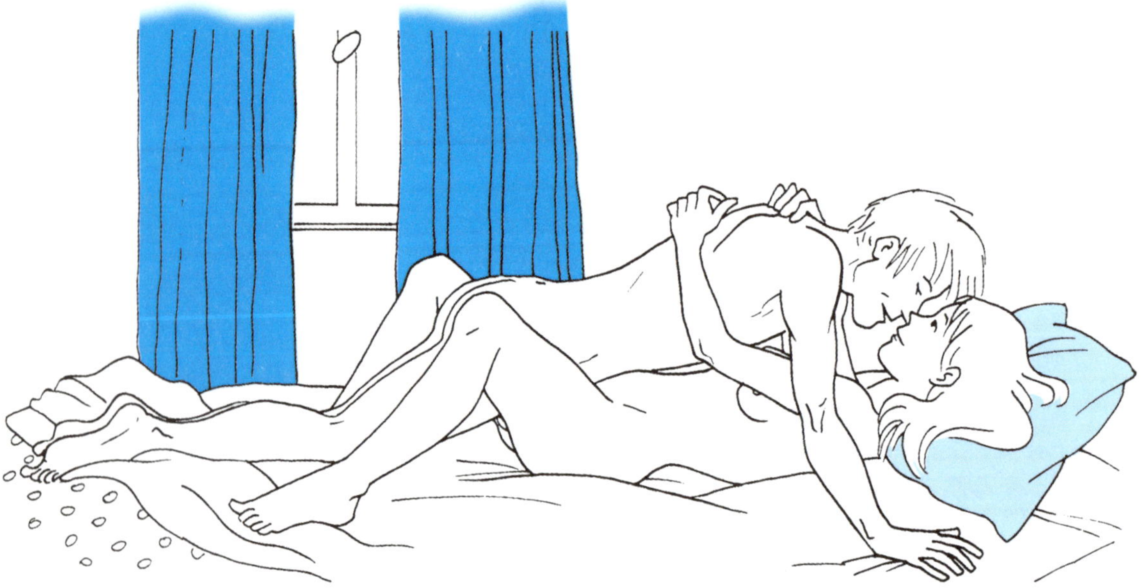

Il rapporto avviene attraverso un movimento di "va e vieni" del pene nella vagina, che provoca il piacere. Nell'uomo l'orgasmo, che è il momento più alto del piacere, avviene contemporaneamente all'emissione del liquido seminale (eiaculazione) ed è accompagnato dalla contrazione dei muscoli del bacino.

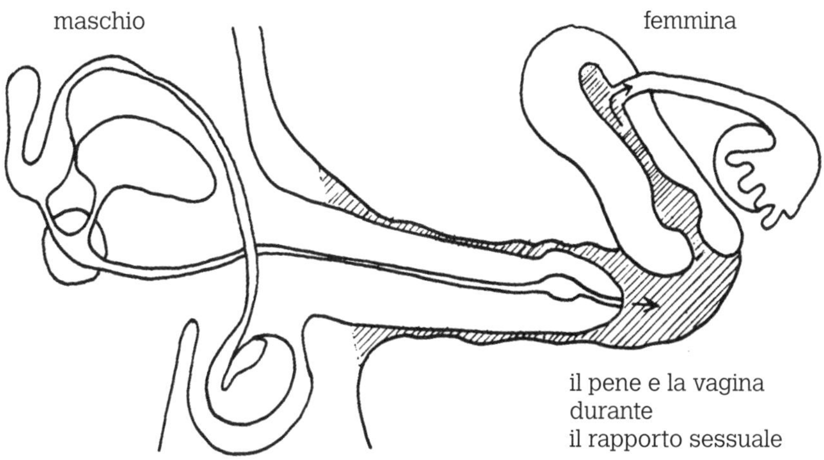

il pene e la vagina durante il rapporto sessuale

Nella donna il piacere sessuale è generalmente provocato dallo sfregamento del clitoride, a cui si accompagna una sensibilizzazione dell'ingresso e del primo tratto della vagina. L'orgasmo femminile avviene quando la donna avverte il momento più intenso del piacere, non è accompagnato da emissione di liquidi, ma dalla contrazione involontaria dei muscoli della vagina e del bacino. L'eccitazione che avviene durante il rapporto sessuale è per l'uomo una condizione necessaria, perché determina l'erezione, e per la donna è molto importante perché permette uno stato di rilassamento e di disponibilità alla penetrazione, e nello stesso tempo consente alla vagina di inumidirsi e quindi di accogliere i movimenti del coito. Il piacere sessuale viene sperimentato in modo diverso da persona a persona; possono entrare

iin gioco i sentimenti verso il partner, la qualità della relazione affettiva che si sta vivendo, la serenità della propria condizione interiore.
Le sensazioni che si provano sono molto personali e dipendono dal nostro modo di percepirle e dalle situazioni che si stanno vivendo.
Gli elementi importanti nella ricerca del piacere sessuale sono certamente l'affetto e l'affidamento reciproco, insieme al desiderio di vivere un'intensa esperienza di comunicazione con l'altro e di esprimere gioco e gioia attraverso il corpo.
Al contrario, la mancanza di rispetto o il considerare l'altro solo come un oggetto di piacere, da usare e dimenticare, fanno perdere significato all'incontro e spesso tolgono valore alla nostra esperienza.

La violenza sessuale
La società in cui viviamo ci rivela purtroppo anche modi negativi di vivere la sessualità. La violenza sessuale è una sessualità cattiva che si esprime costringendo qualcuno a subire attenzioni o atti sessuali. Nel mondo viene esercitata soprattutto contro le donne, ma anche da parte di persone adulte sui più piccoli, oppure da parte di coetanei che spesso, in branco, rubano la serenità costringendo chi subisce questo torto a prestazioni sessuali indesiderate. A volte i piccoli e gli adolescenti sono sfruttati per

la prostituzione o soggetti di foto e film pornografici. La violenza in alcuni casi sembra dolce, si insinua comunicando affetto a bambini e ragazzi che si sentono trascurati dai genitori. Ma quando non viene chiesto il permesso è sempre violenza, anche se si esprime attraverso modi seduttivi, compresi doni in soldi, telefonini, carte telefoniche, acquisti di oggetti che gli altri coetanei hanno. Sono violenza sessuale anche le molestie, come toccare i genitali o farsi toccare, perché la violenza è compiere gesti sessuali indesiderati oppure ottenere atti sessuali imponendoli, magari ricattando o costringendo fisicamente. Altre volte la violenza può portare il violentatore a usare maniere forti, come botte, costrizioni fisiche, in casi estremi anche la morte. Oggi ci sono adulti che usano Facebook per avvicinare i ragazzi con delle proposte o parlando di sesso in modo esplicito: possono costruirsi falsi profili, fingersi della tua età e coinvolgerti. Se ti accade, non pensare che sia un'avventura divertente. Anche se ne hai parlato con gli amici e ti senti grande, la cosa migliore è invece parlarne con i tuoi genitori, perché è bene non dimenticare mai che i "predatori" sono più bravi di noi.
La violenza avviene anche all'interno della famiglia, nella cerchia di amici adulti o ragazzi più grandi che sembrano rassicuranti, ma al contrario possono chiederti sia prestazioni eterosessuali che omosessuali. La violenza può provenire anche da figure educative di cui ti fidi e che invece abusano della tua fiducia o di quella dei tuoi genitori. Impariamo sempre a ribellarci e a non cedere.
Le persone che fanno violenza non vogliono essere scoperte, perché sanno che stanno facendo del male, cercano di comprare il nostro silenzio con i regali, le promesse, il ricatto, piangendo, cercando la nostra comprensione e assicurandoci che se si venisse a sapere quello che è successo sarebbero condannate ad andare in prigione, oppure facendoci paura con la forza fisica. Tutto questo può accadere, ma non dobbiamo restare in silenzio.
Se succede di venire molestati o di essere vittime di

Comportamenti giusti e comportamenti sbagliati

Se ti chiedono di fare sesso e non sei d'accordo dici No. Se dei compagni o degli adulti ti chiedono prestazioni sessuali o di toccarti e non vuoi, dici No. Non fare incontri al buio, con persone che hai conosciuto in Internet. Porta con te un'amica, parlane con una persona fidata. Non andare in macchina con persone che non conosci o che ti sembrano alterate da alcol o droga. Non farti convincere. Chiama i tuoi genitori. Se ti capiterà di fare brutte esperienze non scegliere il silenzio. Ci sono persone che ti possono aiutare. Parlane con i tuoi, con un'amica, vai al Consultorio giovani.

una violenza, è importante che si riesca a superare il senso di disagio e di vergogna o la paura che si prova, soprattutto se accadono episodi che coinvolgono familiari o amici.
Bisogna riuscire a parlarne con qualcuno che ci possa aiutare, senza aver paura di non essere creduti o di venire accusati. Ci potrà accadere che qualcuno dubiti delle nostre parole, oppure potremo scoprire che la persona che ci fa del male si difenda e addirittura ci accusi a sua volta, ma dobbiamo avere la forza e la pazienza di resistere e di cercare la persona giusta che abbia la capacità di ascoltarci.
Nella nostra società e nel mondo si parla più di violenza contro le donne perché è molto diffusa e ci sono Paesi in cui i maschi che la commettono non vengono puniti. In Italia, invece, è proibita per legge.
A scuola, nei luoghi di ritrovo, non è raro il caso di ragazze che vestono in modo seduttivo, mostrando parti del corpo, che vengono giudicate male dai coetanei maschi, i quali si sentono in diritto di importunarle perché "sono loro che provocano". Questo non si deve mai pensare, perché quello che è permesso alla sguardo non abilita nessun gesto sessuale, e per toccare il corpo di un'altra persona si deve chiedere il permesso.
In realtà questi comportamenti maschili nascondono a volte paure e confusioni; spesso sono i ragazzi che non si sentono sicuri della propria sessualità o sono incapaci di vivere relazioni positive con l'altro sesso.
A volte i problemi di abuso o molestie sono all'interno della propria classe o di un ambiente che amiamo e che ci dispiacerebbe lasciare; allora forse possiamo anche cercare di risolvere il problema con tanti accorgimenti che ci potrebbero consentire di fronteggiare le persone che ci fanno del male e di riuscire a sottrarci alla loro influenza e al loro potere.
La violenza sessuale può essere anche fare scherzi pesanti, usare parole offensive, fare gesti volgari, esporre i genitali, costringere un compagno più debole o una nostra compagna fragile a subire i nostri gesti, magari fatti quando siamo in gruppo per sentirci forti.
Talvolta un nostro compagno di classe può mostrare modi di fare molto femminili e questo ci può portare

Perché la sessualità sia più positiva

Perché la sessualità rappresenti un momento denso di significati positivi esistono delle buone regole. Chiedere al nostro ragazzo e alla nostra ragazza cosa desiderano e aspettare i tempi giusti. Avere il permesso per toccarsi, baciarsi, fare sesso. Dobbiamo rispettare il nostro corpo e il corpo dell'altra/o.
Ci sono leggi che regolano i comportamenti permessi o proibiti. Per esempio non è corretto svolgere attività sessuali in luoghi pubblici: la sessualità è un fatto privato che non va esibito, perché potrebbe disturbare occasionali osservatori.
È importante non farsi imporre comportamenti e non subire pressioni: come abbiamo visto le molestie e le violenze sessuali sono punite dalla legge, come la n. 66 del 15 febbraio 1996, che definisce le norme contro la violenza sessuale e la violenza come reato contro la persona.
Sappiamo che la violenza viene esercitata in modo prevalente verso le bambine e le donne e parlarne è importante, per creare un'alleanza tra le persone che non amano la violenza e sono disposte a battersi contro di essa.
Parlare di questo è importante e la cosa migliore è chiedere ai propri insegnanti o agli operatori dei Consultori di affrontare questi temi.
Anche le religioni danno indicazioni e divieti rispetto alla sessualità. Per portare solo alcuni dei numerosi esempi di norme religiose riguardanti l'attività

a prenderlo in giro, a fargli scherzi o ad offenderlo. Altre volte, quando si avvertono i primi desideri sessuali, si può essere tentati di voler fare esperienze a ogni costo, approfittando di una ragazzina o di un ragazzino più fragile o più ingenuo, per imporre prestazioni o esperienze sessuali. Tutto questo è sbagliato! L'educazione e gli stereotipi maschili che esaltano aspetti forti e anche violenti della virilità, il consenso e il sostegno che vengono dal gruppo degli amici sono tutti elementi che rafforzano atteggiamenti aggressivi.
È importante dunque, per i ragazzi, cercare di riflettere su come si comportano con le ragazze, per modificare questi loro modi di proporsi.
Sconfiggere la violenza sessuale significa far prevalere il principio che il consenso e il rispetto dell'altro devono essere garantiti.

La maturità sessuale
Se un uomo e una donna desiderano fare l'amore non vuol dire che desiderino sempre avere dei figli: per questo fanno uso di mezzi contraccettivi.
I progressi scientifici in questo campo hanno fatto sì che oggi avere dei figli sia frutto di una scelta consapevole e non più del caso o di un errore.
Tuttavia, i ragazzi e le ragazze che per la prima volta si accostano alle esperienze sessuali possono avere informazioni sbagliate sulla funzione riproduttiva.
Innanzitutto bisogna essere consapevoli del fatto che la completa maturazione degli apparati riproduttivi, avviata con la pubertà, mette anche i giovanissimi in grado di avere figli.
Questo può avvenire anche alla prima esperienza sessuale, ed è assolutamente sbagliato credere a chi dice che proprio il primo rapporto è "sicuro".
Una gravidanza non voluta in giovanissima età è un'esperienza drammatica perché coinvolge due persone inesperte, che non hanno ancora conquistato la propria autonomia (e quindi non sono realmente capaci di fare scelte consapevoli e di vivere pienamente le loro esperienze affettive), e che spesso dipendono completamente dalle decisioni degli adulti.
È fondamentale che ragazze e ragazzi cerchino di esercitare la propria sessualità in modo sereno ma consapevole, per arrivare preparati, in futuro, alla scelta della procreazione che, in età adulta, può diventare uno dei momenti più belli e affettivamente ricchi della coppia.

sessuale, individuiamo le posizioni prese dalle diverse religioni rispetto ai rapporti prematrimoniali. Secondo la religione cattolica i rapporti prematrimoniali sono da considerarsi illeciti, così come per la chiesa anglicana e la religione ebraica. L'islamismo considera i rapporti prematrimoniali punibili addirittura con la fustigazione. Infine per il buddismo, per il quale non esiste il concetto di "matrimonio", non ci sono controindicazioni riguardo ai rapporti prematrimoniali, purché nei limiti dell'impegno e del rispetto reciproco.

Ti saranno elencate una serie di attività: contrassegna ognuna di queste con una lettera a seconda del tipo di piacere che ti procura (**F** per il piacere fisico; **E** per il piacere emotivo; **I** per il piacere intellettuale).

Bere una tazza di cioccolato □

Accarezzare il pelo morbido di un gatto □

Giocare e scherzare con i tuoi amici □

Risolvere un difficile problema di matematica □

Vedere un film che ti piace molto □

Ascoltare la tua canzone preferita □

Farti grattare la schiena dalla mamma o dal papà □

Guardare il tuo programma preferito in TV □

Stare sdraiato sulla sabbia insieme a una persona "speciale" □

Indossare abiti comodi e puliti □

Ascoltare una lezione della tua materia preferita □

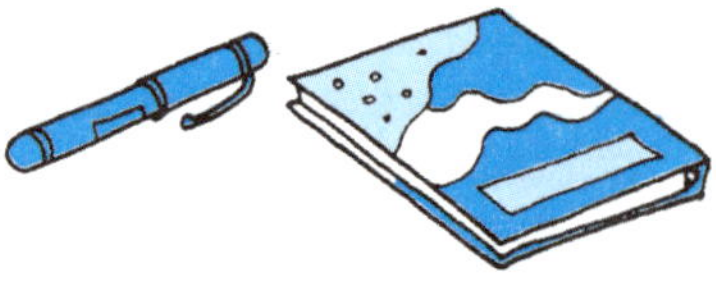

Fare una corsa in bicicletta ☐

Studiare una lingua straniera ☐

Fare un bagno in mare ☐

Ritrovare i compagni di scuola dopo le vacanze ☐

Ricevere la lettera di un amico o di un'amica cara ☐

Ricevere un complimento ☐

Ricevere un bacio da una persona a cui sei molto affezionato ☐

Leggere un libro molto interessante ☐

Uscire con il ragazzo/la ragazza del cuore ☐

Organizzare una festa con il gruppo di amici ☐

Fare il filo a... ☐

Se alla fine ti accorgi che una delle tre lettere non compare affatto, o se sei stato molto incerto nell'attribuire la lettera alla maggior parte delle attività proposte, prova a rileggere il secondo e il terzo paragrafo di questo capitolo. Poi riesamina l'elenco cercando di ricordare cosa hai provato quando hai vissuto situazioni simili a quelle proposte.

Dai un voto da 1 a 10 alle parti del tuo corpo che sono elencate di seguito.

bocca ____________

occhi ____________

pene ____________

gambe ____________

seno ____________

spalle ____________

testicoli ____________

vagina ____________

mani ____________

natiche ____________

naso ____________

torace ____________

ventre ____________

fianchi ____________

pube ____________

capelli ____________

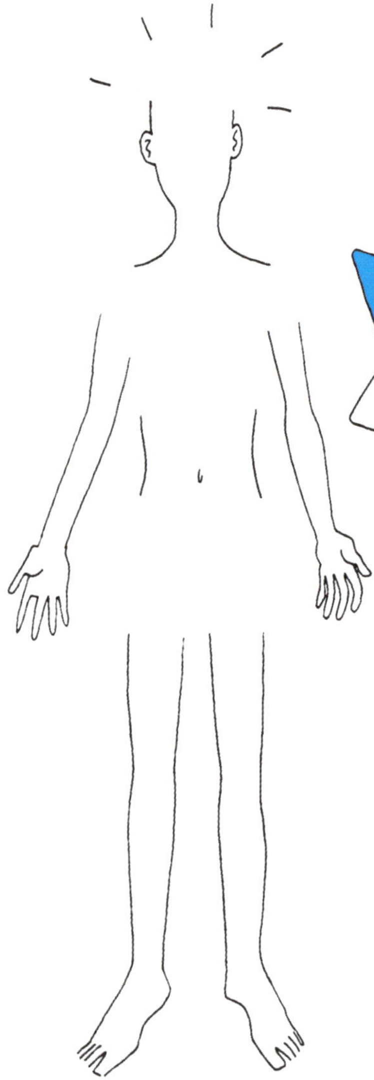

Confronta le votazioni che hai dato alle zone del tuo apparato sessuale con quelle che hai attribuito ad altre parti.

Leggi l'elenco di aggettivi che segue e contrassegna con una matita quelli che abbineresti alla parola SESSO.

*giusto - distaccato - riposante - sicuro - dolce - aperto - ingiusto
gioioso - faticoso - insignificante - buono - tempestoso - indifferente
immorale - affettuoso - difficile - cattivo - divertente - indispensabile
morale - doloroso - facile - pericoloso - noioso - chiuso - sporco
tenero - freddo - pulito - triste - superfluo - piacevole - caldo - duro
importante - sereno - emozionante - amaro*

Adesso cerca di riunire a coppie tutti gli aggettivi della lista abbinando tra loro quelli che ritieni siano uno l'opposto dell'altro (es.: buono/cattivo; noioso/divertente...).

*Dopo avere individuato tutte le coppie, prova a formare con queste tre gruppi diversi: quello degli aggettivi che esprimono un **giudizio** (gruppo G), quello degli aggettivi che esprimono un'**emozione** (gruppo E), quello degli aggettivi **neutri** (gruppo N), poi verifica a quale gruppo appartengono quelli da te scelti per abbinarli alla parola SESSO.*

*Se gli aggettivi che hai scelto fanno parte prevalentemente del gruppo **G** o del gruppo **N**, prova a ricordare una situazione in cui ti sei trovato bene con una persona che ti piace. Puoi forse riconoscere di aver provato emozioni e sensazioni particolari, magari giocando insieme o attraverso il contatto fisico, come una carezza, un abbraccio o un bacio.*

Il sesso è anche questo: contatto, comunicazione, gioco... quindi emozioni.

CONTROLLA LA CORRETTA DIVISIONE IN GRUPPI

Giudizio
giusto/ingiusto
morale/immorale
pulito/sporco
sicuro/pericoloso
buono/cattivo

Emozione
gioioso/triste
affettuoso/distaccato
piacevole/doloroso
tenero/duro
emozionante/insignificante
sereno/tempestoso
dolce/amaro
divertente/noioso
caldo/freddo

Neutri
riposante/faticoso
facile/difficile
importante/indifferente
indispensabile/superfluo
aperto/chiuso

Imparare a chiedere
Quando si vivono le prime esperienze sessuali si può, a volte, non collegare la propria sessualità alla capacità di procreare: informazioni sbagliate, difficoltà a parlare con gli adulti di questo tema, imbarazzo o insicurezze sono alcuni dei motivi che possono indurre a sottovalutare il problema, o a ritenere che si possa fare l'amore senza rischiare niente.
Il "tanto a me non succederà..." che spesso si sente dire dai ragazzi e dalle ragazze è accompagnato da false convinzioni: che la "prima volta" non succeda nulla, che sia sufficiente fare l'amore in piedi, o fare una lavanda vaginale subito dopo. Sappiamo, al contrario, che la metà delle gravidanze indesiderate si verifica proprio fra gli adolescenti all'inizio della loro attività sessuale.
È importante non avere timore di chiedere consigli quando si hanno dei dubbi, rivolgendosi ai genitori o magari a esperti che lavorano presso i consultori; è importante avere una corretta ed esauriente informazione sulla contraccezione, anche quando non abbiamo ancora scelto di avere le prime esperienze sessuali, perché l'informazione permette di decidere in modo autonomo e consapevole.
Parliamo di contraccezione per indicare l'insieme dei mezzi, degli atteggiamenti e dei metodi che consentono di evitare una gravidanza indesiderata.
Un mezzo contraccettivo deve corrispondere a tre esigenze fondamentali: essere scientificamente idoneo a impedire la gravidanza, non fare male alla salute di chi lo utilizza ed essere ben accettato da chi ne fa uso e dalla coppia.
I metodi contraccettivi attualmente disponibili si suddividono in quattro categorie:
– i *metodi ormonali*: si basano sull'assunzione di sostanze simili agli ormoni prodotti da ovaie e testicoli; tra di essi il più diffuso è la pillola;
– i *metodi meccanici*: sono mezzi artificiali che impediscono la fecondazione, come il profilattico o il diaframma, oppure l'annidamento dell'ovulo fecondato nell'utero, come la spirale;

– i *metodi naturali*: si basano sulla conoscenza del periodo fecondo nella donna;
– i *metodi chimici*: sono sostanze chimiche che si applicano nella vagina prima del rapporto sessuale, per neutralizzare gli spermatozoi con cui vengono in contatto (da cui il nome spermicida).

La pillola anticoncezionale
È un prodotto farmacologico che contiene due ormoni sintetici simili ai due principali ormoni prodotti dall'ovaio femminile (progesterone ed estrogeni).
La sua azione consiste nell'impedire l'ovulazione e nell'ostacolare l'ingresso degli spermatozoi nell'utero.

Il principio su cui si basa la pillola è quello di riprodurre nel corpo femminile una situazione ormonale simile a quella che si verifica nella gravidanza, quando l'ovaio non viene più stimolato da ipofisi e ipotalamo a produrre ciclicamente la cellula femminile della riproduzione.
I due ormoni sintetici, entrando in circolo nel corpo femminile, producono una volta al mese una perdita di sangue simile alla mestruazione.
L'assunzione della pillola provoca inoltre un'azione sul muco cervicale, rendendolo impermeabile al passaggio degli spermatozoi.
La pillola anticoncezionale, essendo un prodotto farmacologico, va usata sotto il controllo del medico, che è in grado di valutare le eventuali controindicazioni per l'assunzione di sostanze ormonali, come gravi problemi circolatori, cardiopatie, diabete, fumo eccetera.
Deve essere presa regolarmente e continuativamente per 21 giorni sì e 7 no.
La pillola attualmente in commercio ha un basso dosaggio ormonale ed è pertanto priva di effetti collaterali. Se assunta correttamente, è un mezzo molto efficace nella prevenzione della gravidanza; il suo uso è semplice, ma richiede che non venga mai dimenticata l'assunzione giornaliera.

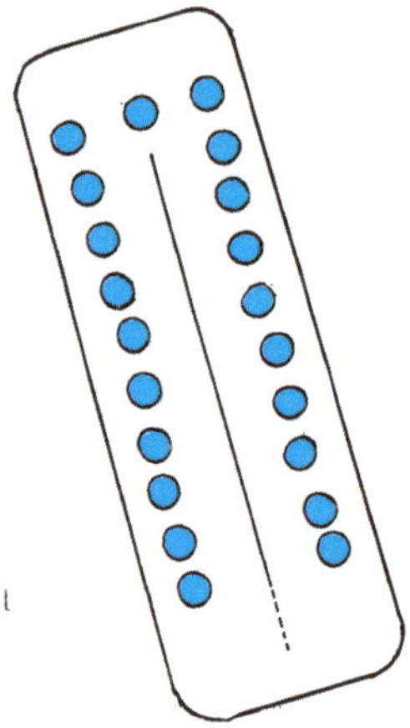

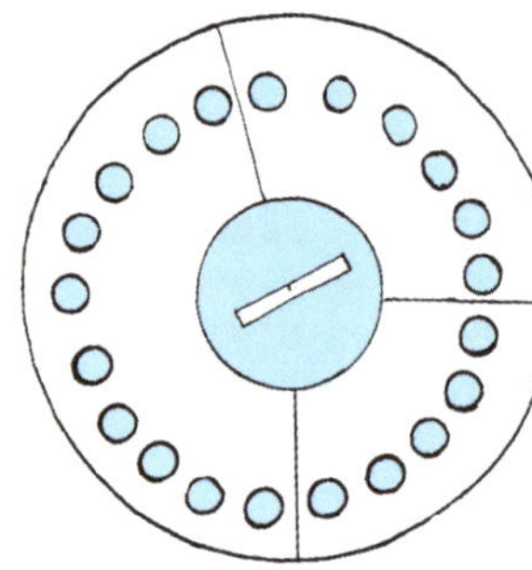

Il cerotto contraccettivo e l'anello vaginale
Oltre alla pillola ci sono contraccettivi ormonali che hanno un'alta percentuale di efficacia e aiutano a regolare il ciclo.
Il cerotto contraccettivo, che rilascia in modo graduale una bassa dose di ormone, si applica sulla cute (natica, spalla, schiena, addome, mai sul seno).
Va applicato il primo giorno del flusso mestruale e bisogna controllare che non si stacchi: se accade, occorre applicarne subito un altro.
L'anello vaginale può essere inserito in vagina direttamente dalla donna, il primo giorno del flusso mestruale, e rimosso dopo tre settimane.
Per essere usato richiede che si siano avuti rapporti sessuali.

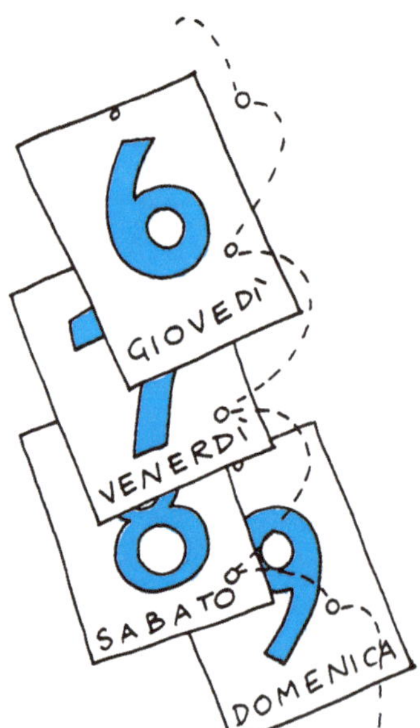

Il preservativo

I metodi meccanici sono i più antichi praticati dall'uomo e dalla donna per prevenire la gravidanza. Il profilattico, o preservativo o condom, veniva utilizzato fin dall'antichità ed era fatto con pelle di animali. Oggi è prodotto in lattice di gomma: è un involucro leggero che si applica sul pene e impedisce allo sperma di entrare in vagina. La sua efficacia anticoncezionale dipende dall'uso corretto e dalla qualità del materiale con cui è fatto, che deve garantire dal rischio di rottura. Il preservativo è semplice da usare e costituisce inoltre una buona difesa dalle infezioni che si trasmettono per via genitale.

Esiste anche un preservativo femminile: è costituito da due anelli, uno superiore sigillato che scivola in fondo alla vagina, l'altro che va posizionato sulla parte esterna della vagina. È fatto di lattice più spesso del preservativo maschile ed è lubrificato. Richiede che si siano già avuti rapporti sessuali. Si può usare una sola volta e bisogna avere attenzione nella penetrazione.

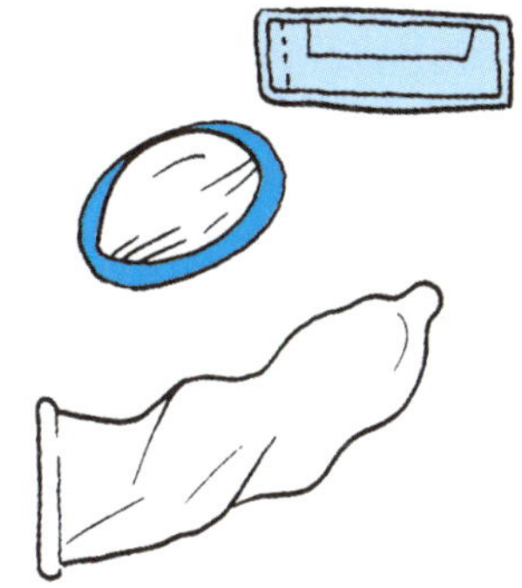

Il diaframma

È una calotta in lattice di gomma sottile che ha alla base un anello di metallo flessibile, grazie al quale aderisce al collo dell'utero.

Il diaframma va applicato prima di ogni rapporto, unitamente a una crema spermicida che ne aumenta l'efficacia, e va lasciato nella vagina per 7-8 ore dopo il rapporto. La sua azione consiste nell'impedire l'ingresso degli spermatozoi nell'utero. La scelta del tipo di diaframma da utilizzare va fatta dal ginecologo che, con una visita, stabilisce la misura adatta alle caratteristiche anatomiche di ciascuna donna e insegna un metodo corretto per la sua applicazione. Richiede di avere già avuto rapporti sessuali e una forte dimestichezza con i propri genitali. Va usato in associazione con una crema spermicida: gli spermicidi non vanno utilizzati da soli, perché hanno un alto rischio di insuccesso.

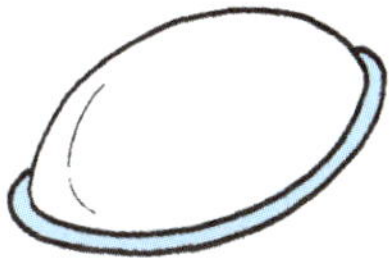

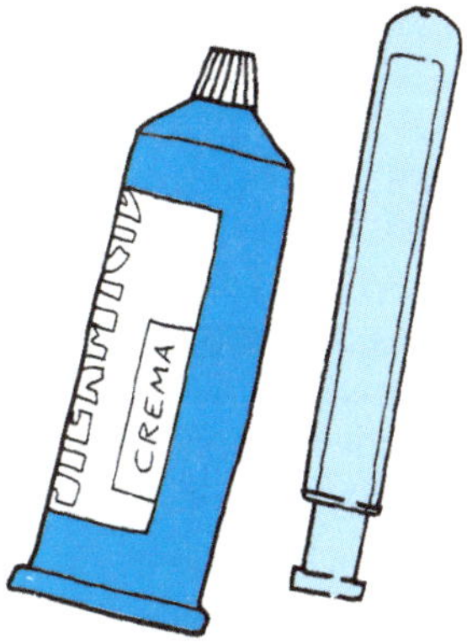

La spirale o IUD

È un piccolo oggetto di plastica, di forme diverse, su cui è avvolto un filamento di rame, associato con dell'argento che serve a prolungare nel tempo la funzione del rame.
La spirale va inserita dal medico nell'utero e ha una durata variabile dai due ai cinque anni. La presenza della spirale nell'utero provoca una modificazione della mucosa uterina che impedisce l'annidamento dell'ovulo fecondato.
L'azione del rame blocca invece la capacità fecondante degli spermatozoi. Essa ha inoltre un effetto di modifica del muco cervicale, rendendolo impermeabile al passaggio degli spermatozoi.
La presenza della spirale nell'utero può provocare infiammazioni all'apparato genitale ed extragenitale. Per le ragazze e per le donne che non hanno avuto figli, ma che ne vorranno, il suo uso è sconsigliato.

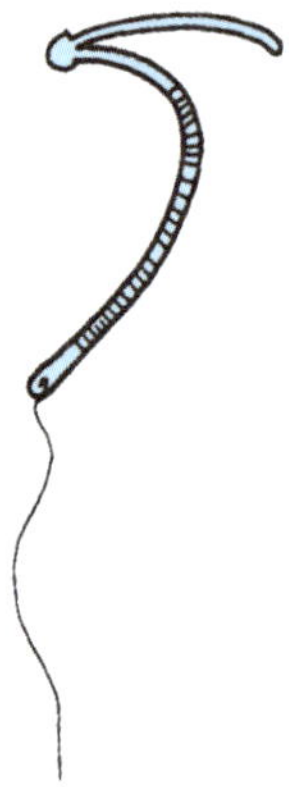

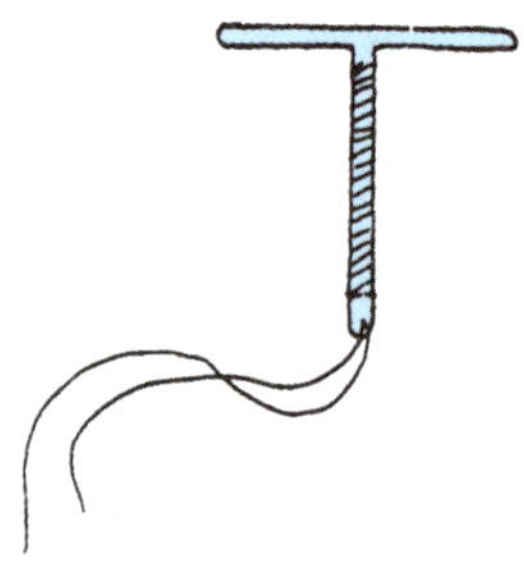

La pillola del giorno dopo

La pillola del giorno dopo, o contraccettivo di emergenza, è un metodo a cui si può ricorrere in casi eccezionali dopo un rapporto che si ritiene a rischio di gravidanza indesiderata. Deve essere prescritta dal medico e perché sia veramente sicura va presa nelle 24 ore dopo il rapporto a rischio (oltre questo periodo, fino alle 72 ore, si riduce la sua possibilità di effetto). Non può essere usata ripetutamente e non protegge da altri, successivi, rapporti a rischio.

I metodi naturali

Questi metodi insegnano a riconoscere qual è il periodo fertile durante il ciclo mestruale, per evitare i rapporti sessuali in quei giorni.
Essi si basano sulla determinazione del "calendario dell'ovulazione" (metodo Ogino-Knaus); sulla rilevazione della temperatura interna (metodo termico) e della presenza del muco cervicale (metodo Billings) che segnalano il periodo dell'ovulazione.
Vi sono diversi motivi per cui vengono privilegiati

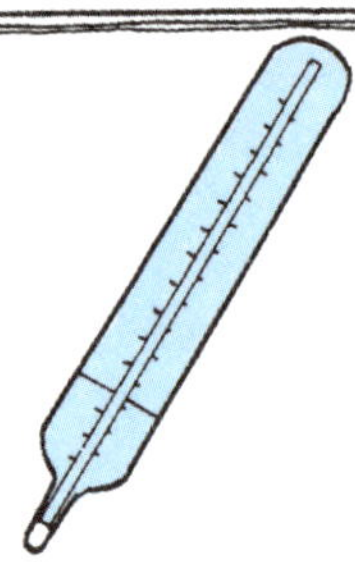

questi metodi, e generalmente riguardano il fatto di non interferire nei ritmi biologici con l'uso di sostanze farmacologiche o di strumenti estranei al corpo; altre motivazioni sono di carattere religioso.
I metodi naturali richiedono una conoscenza della fisiologia e dell'anatomia del ciclo ovarico, e inoltre presentano un alto fattore di rischio di gravidanza indesiderata. Sono pertanto sconsigliati alle ragazze che hanno spesso flussi irregolari, specialmente i primi anni dopo il menarca.
Un posto a parte merita il metodo Billings che, basandosi sull'osservazione del muco cervicale e non su calcoli (che facilmente si possono sbagliare), permette di prevedere con certezza l'ovulazione, e può essere perciò adatto anche nel caso di cicli irregolari. Tale metodo richiede tuttavia un corso di apprendimento specifico.

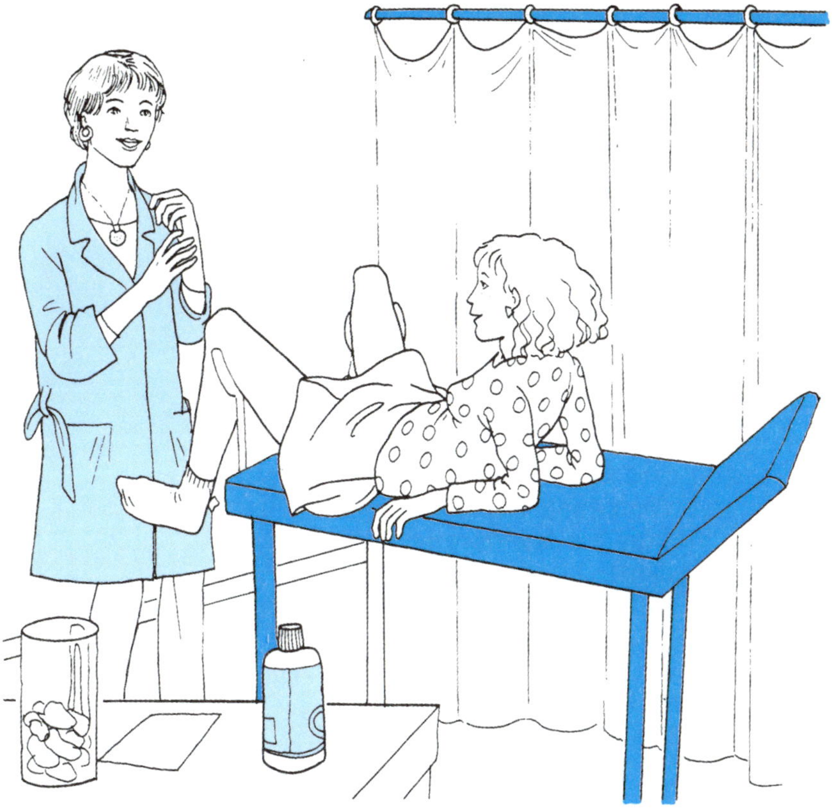

Le malattie a trasmissione sessuale

Il sesso sicuro passa dalla protezione durante il rapporto sessuale ed è un comportamento molto importante per la nostra salute.
Le malattie sessualmente trasmesse sono in aumento e hanno più possibilità di diffondersi se esiste un sesso poco attento.
Le malattie a trasmissione sessuale (o MTS) si contraggono generalmente durante un rapporto sessuale e sono causate da virus, funghi, batteri, ecc.
La maggior parte di queste malattie è facilmente curabile, tutte possono venir evitate attraverso adeguate norme di prevenzione.
Occorre allora avere una particolare attenzione alla prevenzione:
a) conoscendo le varie malattie;
b) assumendo comportamenti responsabili soprattutto nella conoscenza del partner che si frequenta;
c) rivolgendosi ai consultori o al proprio medico in caso di dubbio per eventuali manifestazioni anomale, quali ulcerazioni sui genitali, secrezioni improvvise, dolori durante la minzione, l'eiaculazione o i rapporti sessuali;
d) evitando l'uso di prodotti igienici non adatti e indumenti che impediscono l'igiene dei genitali;
e) evitando infine di avere rapporti con molti partner, di cui magari non si conoscono lo stile di vita e le abitudini igieniche.
Queste malattie presentano dei sintomi visibili e spesso dolorosi. La presenza di manifestazioni anomale agli organi genitali, quali arrossamenti, dolori nell'urinare, ulcere o pruriti persistenti, possono segnalare un'eventuale infezione, e per questo è utile non indugiare e chiedere consiglio al medico. Le visite specialistiche periodiche possono aiutare a prevenire il peggioramento delle infezioni.

Sifilide o lue

Fino ai primi decenni del Novecento, la sifilide era considerata la più pericolosa malattia a trasmissione sessuale, e solo la scoperta

della penicillina permise di approntare una terapia efficace.
L'infezione da sifilide è dovuta a un batterio che si propaga per contatto, e i primi sintomi riguardano generalmente i genitali esterni.
Dopo circa due mesi dal contagio, compare un'eruzione cutanea su tutto il corpo.
La diagnosi della malattia viene effettuata mediante test di laboratorio, che sono obbligatori per legge per accedere a certe professioni o attività che sono considerate a rischio di contagio.
Oggi esistono cure adeguate che portano a completa guarigione.

Gonorrea
È provocata da un batterio chiamato gonococco e, poiché dà immediate manifestazioni dolorose, può venir diagnosticata per tempo.
La gonorrea ha sintomi evidenti soprattutto nei maschi, quali forti bruciori nell'urinare e secrezioni purulente.
Nelle donne l'infezione può non dare subito sintomi dolorosi e, se non viene curata tempestivamente, può coinvolgere le tube.
Oggi questa malattia può essere efficacemente curata con una terapia a base di antibiotici.

Herpes genitalis
Il virus responsabile di questa malattia produce delle manifestazioni evidenti sugli organi genitali, quali ulcere e forti dolori locali.
Viene curata con farmaci antivirali specifici.

Condilomatosi o creste di gallo
Si tratta di lesioni, simili a creste di gallo, che compaiono sui genitali, visibili a occhio nudo o avvertibili al tatto. Sono causate dal *Papilloma virus* (virus HPV). Oltre alle lesioni, molto contagiose, il sintomo principale è il prurito. Da alcuni anni si è notata una correlazione tra queste malattie e la comparsa di lesioni cancerose. In Italia esiste una vaccinazione gratuita rivolta alle ragazze

di 12 anni che si presume non abbiano ancora avuto rapporti sessuali. Tali lesioni sono curate dal medico con terapie esterne e farmaci.

Trichomonas e candida

I microrganismi e il fungo responsabili di queste malattie colpiscono prevalentemente le donne, ma l'uomo può essere portatore asintomatico, cioè può diffondere la malattia durante il rapporto sessuale anche se non ne avverte i sintomi in prima persona. Nella candidosi anche il maschio può avere prurito e arrossamento sul glande.
I sintomi femminili sono generalmente perdite vaginali e prurito alla vulva, cattivo odore e a volte cistite acuta (infiammazione della vescica urinaria). Un'analisi al microscopio delle perdite consente la diagnosi tempestiva del tipo di microrganismo, e quindi permette di effettuare una terapia mirata che in poco tempo fa scomparire i sintomi.

Clamidia

Questa infezione è dovuta a un microrganismo e produce sintomi evidenti, sia nell'uomo che nella donna, che interessano gli organi genitali esterni (perdite e dolore nell'urinare).
Nella donna questa infezione può estendersi alle tube, con rischio di sterilità.
Guarisce in seguito a trattamenti medici specifici.

AIDS

È una malattia causata da un virus (H.I.V.), quindi si trasmette per contagio da una persona infetta a un'altra sana. Il passaggio del virus avviene tramite il sangue (anche mestruale), lo sperma, le secrezioni vaginali.
Ne deriva che le situazioni a rischio di contagio sono:
1) tutte le pratiche sessuali con penetrazione: infatti le mucose sono facilmente lacerabili con possibilità di passaggio diretto;
2) il riutilizzo di siringhe e aghi da parte di persone diverse: situazione frequente fra i tossicodipendenti;

3) la gravidanza, il parto e l'allattamento: è accertato che con un'alta probabilità (circa il 50%) il virus passa dalla madre sieropositiva al nascituro;
4) trasfusioni di sangue. Attualmente i controlli effettuati sui donatori di sangue hanno fatto sì che questa possibilità di contagio sia molto ridotta;
5) oggetti che possono trasportare sangue da una persona all'altra, come nel caso di spazzolini da denti, rasoi eccetera.

Il virus dell'AIDS attacca il sistema immunitario dell'organismo, impedendogli di agire contro le malattie. Senza le difese necessarie, l'organismo resta in balia di virus e batteri, dei quali normalmente non subisce le conseguenze ma che, in una situazione di indebolimento progressivo, come quella che caratterizza l'attacco del virus H.I.V., hanno il sopravvento.

Attualmente, quando si è sieropositivi, esistono cure e vaccini che richiedono severità e costanza ma permettono di aumentare le possibilità di sopravvivenza.

Nel caso di rapporti sessuali tuttavia è consigliabile attenersi a quello che si chiama "sesso sicuro", cioè fare sempre uso di profilattici che impediscono il contatto con lo sperma o con il sangue.

Per i tossicodipendenti è necessario evitare l'uso di siringhe o di aghi usati. Non è possibile rilevare la presenza del virus nel sangue; è possibile trovare solo gli anticorpi che l'organismo produce contro il virus. Se gli anticorpi sono presenti, il test viene detto *positivo*; al contrario *negativo*.

Il diffondersi dell'AIDS in tutto il mondo a un ritmo crescente ha certamente posto nuovi problemi alla sessualità e può essere per i giovani un motivo serio di preoccupazione, ma non deve, tuttavia, diventare uno spauracchio.

Ancora una volta, prepararsi a vivere la propria sessualità in modo consapevole può rendere più sicuri, perché richiede di essere esaurientemente informati. È necessario sapere anche i rischi che si possono correre e conoscere tutti i modi per prevenirli.

Il viaggio degli spermatozoi
Il corpo della donna, ciclicamente, si prepara ad accogliere una gravidanza, e questo processo costituisce il ciclo mestruale. Nell'ovaio femminile, infatti, una volta al mese viene prodotto un solo ovulo che, se non viene fecondato, va perso.
Ma come avviene la fecondazione della cellula uovo femminile?
Nel maschio la produzione degli spermatozoi è continua e il liquido spermatico ne contiene un numero elevatissimo.
Durante il rapporto sessuale, al momento dell'eiaculazione i milioni di spermatozoi presenti nello sperma vengono depositati nella vagina: ha così inizio il loro viaggio.
Nell'ambiente acido del canale vaginale gran parte degli spermatozoi non può sopravvivere, e solo quelli dotati di buona capacità di movimento riescono a risalire verso l'utero, dove l'ambiente è più accogliente, e di qui nelle tube.
Ciò spiega anche la caratteristica forma degli spermatozoi, che conferisce loro una spiccata mobilità.
Anche l'ovulo deve compiere un viaggio per raggiungere le tube dall'ovaio, dove è stato prodotto. Ma il suo percorso è più lento e agevole: esso si muove galleggiando nel liquido contenuto

nelle tube, e lungo questi condotti si avvicina all'ingresso dell'utero.
Ovulo e spermatozoi si incontrano nelle tube: gli spermatozoi si affollano attorno all'ovocita cercando di superare la membrana che lo riveste e che ha il compito di lasciarne passare uno solo. A questo punto il viaggio dello spermatozoo "vincitore" è finito: una volta superata la membrana protettiva, esso viene inglobato all'interno dell'ovulo, che viene così fecondato.

La nuova cellula
Con l'inglobamento dello spermatozoo nell'ovulo si forma una nuova cellula, chiamata *zigote*.
Anche lo zigote si appresta a intraprendere un suo piccolo viaggio, perché dalle tube dove si è formato esso deve scendere verso l'utero, dove si annidera per potersi sviluppare.
Lungo questo percorso lo zigote si divide in due cellule identiche, che a loro volta si suddividono formando quattro nuove cellule, poi otto, sedici, trentadue... fino a comporre un agglomerato cellulare simile a una mora e che per questo prende il nome di *morula*.

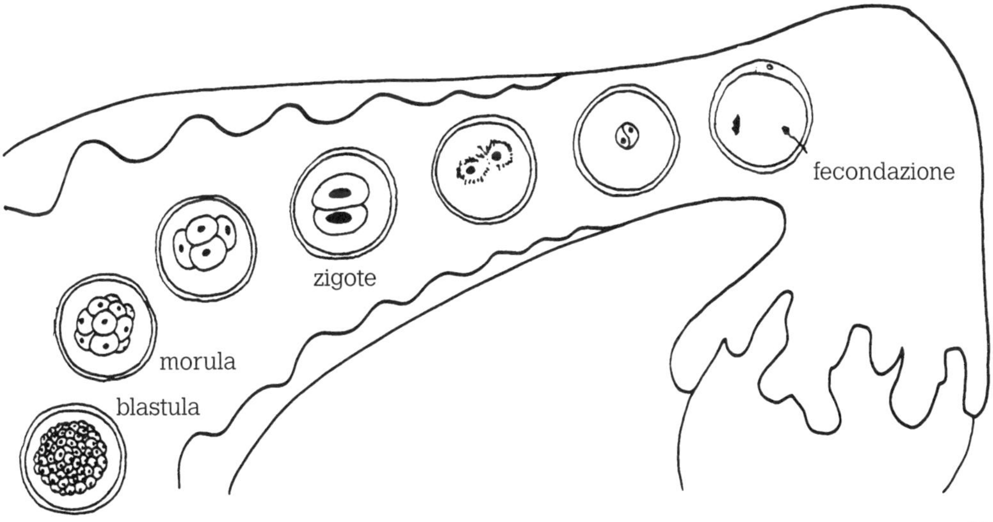

Entro due o cinque giorni dalla fecondazione, la morula raggiunge l'utero, la cui parete interna (endometrio) sotto l'azione degli ormoni sessuali femminili si è modificata per accoglierla. Nelle pareti dell'utero, infatti, la morula inizia a scavarsi una nicchia dove si annidera e darà l'avvio ai processi di sviluppo che dureranno per tutto il periodo della gravidanza. Nella maggior parte dei casi l'annidamento della morula nell'utero si completa dopo circa quattro giorni dalla fecondazione.

Maschio o femmina?

Tutte le nostre qualità, sia fisiche che del carattere, sono registrate nei cromosomi, e precisamente nei geni, presenti nelle cellule del corpo. Il patrimonio genetico ci giunge in eredità dai genitori, e viene da noi trasmesso ai nostri figli, creando una catena ereditaria che definisce le caratteristiche simili degli individui lungo le generazioni. I cromosomi determinano, ad esempio, il colore degli occhi, la forma del naso o delle mani oppure una certa predisposizione a essere introversi o, al contrario, espansivi ed estroversi... Le informazioni genetiche che stabiliscono la differenza di sesso sono trascritte nei due cromosomi sessuali, che vengono chiamati X e Y. Conoscere come avviene la differenziazione sessuale nella nuova cellula fecondata è affascinante: si scopre come la nascita di una femmina o di un maschio sia legata al caso, ovvero alla combinazione del tutto imprevedibile dei cromosomi sessuali dell'uomo e della donna che l'hanno generato. Rivediamo insieme il gioco delle formule combinatorie che danno luogo alla differenziazione sessuale. Nella donna tutte le cellule presentano 44 cromosomi più i 2 cromosomi sessuali: XX. La formula cromosomica femminile è dunque 46XX. Nel maschio, oltre ai 44 cromosomi "normali", ci sono i 2 cromosomi sessuali: X e Y.

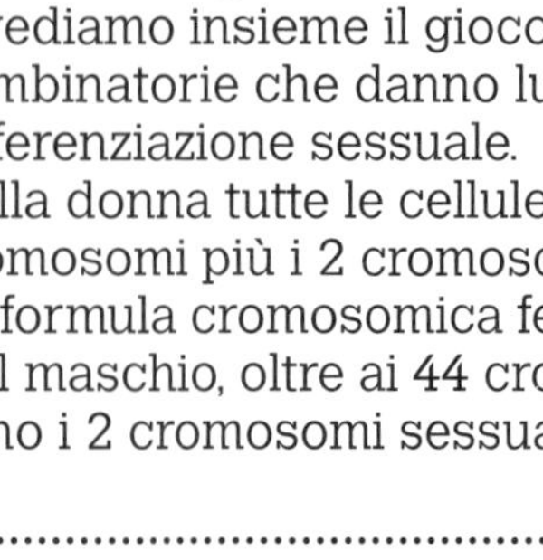

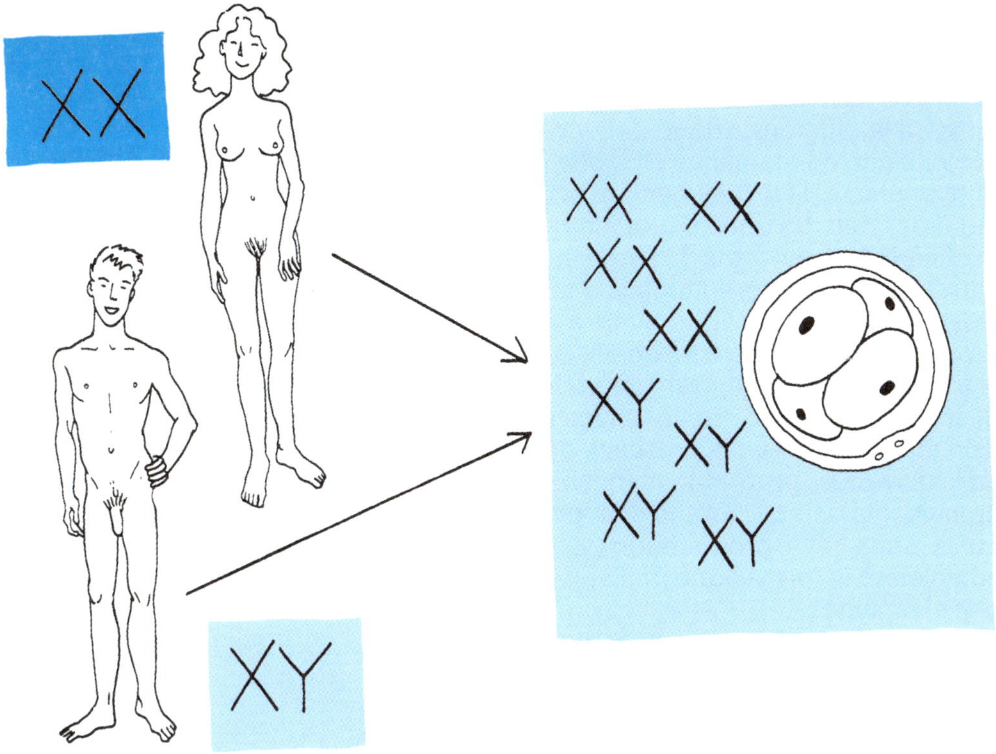

La formula maschile è dunque 46XY.
Fanno eccezione in questo elenco le due cellule sessuali della riproduzione maschile e femminile, cioè l'ovulo e lo spermatozoo, i quali invece di 46 cromosomi ne contengono solo 23, cioè 22 "normali" più 1 solo cromosoma sessuale.
Più precisamente, l'ovocita ha la formula cromosomica 23X, gli spermatozoi si dividono invece in due gruppi: una metà ha la formula 23X e l'altra metà 23Y.
Nel momento in cui avviene la fecondazione, la nuova cellula che si forma (lo zigote), poiché è il risultato dell'unione dell'ovulo e dello spermatozoo, tornerà ad avere 46 cromosomi.
Ricordando che ovulo è 23X e spermatozoo 23X oppure 23Y, la formula dello zigote sarà: 46XX se l'ovocita è stato fecondato da uno spermatozoo 23X: in questo caso si svilupperà una *femmina*; 46XY

se a fecondare l'ovulo è stato uno spermatozoo 23Y: in questo caso si svilupperà un *maschio.*
Tuttavia la differenziazione dei due sessi non avviene immediatamente. Fino alla sesta settimana di gravidanza gli organi genitali primordiali restano indifferenziati. Da questo momento in poi entra in campo il cromosoma Y: se questo cromosoma maschile è presente, sotto la sua influenza inizierà a svilupparsi il testicolo, il quale a sua volta, producendo gli ormoni maschili, completerà la formazione dell'apparato genitale del maschio.
Se invece la formula cromosomica della cellula fecondata non aveva la presenza del cromosoma Y (formula 46XX), proprio la mancanza di questo cromosoma determinerà lo sviluppo dell'ovaio, il quale a sua volta, producendo gli ormoni femminili, completerà la formazione dell'apparato genitale della femmina.
Gli organi genitali, sia nel maschio che nella femmina, si completano verso la ventesima settimana di gravidanza. Da questo momento ovaie e testicoli smettono di funzionare fino alla pubertà.

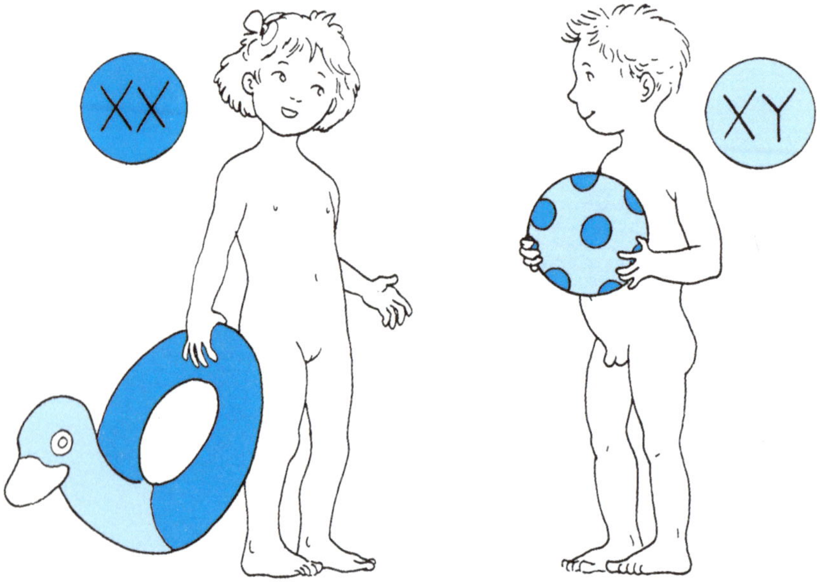

L'interruzione volontaria della gravidanza
L'eventualità di interruzioni spontanee della gravidanza, durante i primi tre mesi dal concepimento, è frequente ed è dovuta a cause molteplici.
Nella maggioranza dei casi un'interruzione spontanea avviene perché si sono verificate delle alterazioni nei primi processi di sviluppo della cellula fecondata; altre cause possono essere invece infezioni contratte dalla madre, o malattie o traumi subiti nel delicato periodo dell'annidamento dell'embrione nell'utero.
Un altro aspetto del problema è invece l'interruzione volontaria della gravidanza.
Un tempo si ricorreva all'interruzione perché mancavano conoscenze e mezzi contraccettivi efficaci, e spesso la si effettuava in condizioni igieniche e sanitarie inadeguate, che potevano mettere in pericolo la vita della donna.
Oggi in molti Paesi del mondo esistono norme e leggi che regolano il ricorso all'interruzione volontaria della gravidanza, che viene praticata da personale medico specializzato.
Generalmente l'interruzione della gravidanza è ammessa quando è la donna che la richiede entro i primi tre mesi di gravidanza; oltre i 90 giorni l'interruzione viene consentita solo quando esista pericolo per la vita della donna.
In Italia la legge 194 del 1978, che regolamenta il ricorso all'interruzione, stabilisce anche norme che riguardano le minorenni, le quali possono effettuare un'interruzione legale entro i 90 giorni di gravidanza, ma solo con il consenso dei genitori o del giudice tutelare.
Su alcune norme che riguardano questa legge e sulla loro attuazione, in Italia è in corso un dibattito che affronta il problema sotto diversi punti di vista: morale, giuridico, sociale.
Soprattutto viene segnalato un dato importante: qualsiasi legislazione sull'interruzione volontaria deve, come prevede del resto la legge stessa, essere sostenuta da un'azione efficace e capillare di prevenzione.

Ricorrere all'interruzione è comunque per la donna una scelta difficile, perché può produrre conflitto tra il proprio desiderio di maternità e la necessità di evitarla.
Per la ragazza, soprattutto, può avere ripercussioni sul piano psicologico, perché la scelta dell'interruzione interviene in una fase delicata della vita, quando la scoperta del piacere di vivere la propria sessualità convive con una maturazione interiore che si sta ancora faticosamente costruendo.
La scelta dell'interruzione viene spesso vissuta in modo molto conflittuale anche per il modo in cui le relazioni con gli altri possono incidere su di essa, per il timore di non essere capiti e la paura di essere completamente soli a decidere una cosa più grande di noi.
In ogni caso, se a seguito di un rapporto sessuale non protetto si ha il sospetto di essere rimasta incinta, è importante affrontare al più presto il problema e rivolgersi a un adulto in cui si ha fiducia, un genitore o anche un'amica più grande. Gli operatori presenti nei consultori o il medico di famiglia possono aiutarti a capire cosa ti sta accadendo e sostenerti nelle decisioni che devi e puoi prendere.

La nascita
La gravidanza nella specie umana ha una durata di nove mesi. Più precisamente, essa ha inizio dal primo giorno in cui si è verificata l'ultima mestruazione e termina dopo 40 settimane.
Per crescere nel ventre materno l'embrione ha bisogno di protezione e di nutrimento. Intorno a esso inizia quindi a formarsi il *sacco amniotico,* una membrana protettiva che produce il *liquido amniotico*. La funzione del liquido amniotico è quella di consentire al bambino di muoversi nell'utero senza subire traumi dovuti a urti o pressioni, e nello stesso tempo di mantenerlo in un ambiente a temperatura costante.
L'embrione è collegato alla madre attraverso

la *placenta* e il *cordone ombelicale*, un lungo tubicino che mette in comunicazione la placenta con i vasi sanguigni dell'utero materno. La funzione della placenta è importantissima: essa si comporta come una spugna, perché filtra le sostanze nutritive utili al bambino, facendo defluire a sua volta i rifiuti che il bambino produce. Attraverso il cordone ombelicale passa anche l'ossigeno, che consente al bambino di respirare.
Nel ventre materno l'embrione inizia a formarsi nella terza settimana dal concepimento.
Al termine del quinto mese il bambino si è formato completamente, e da quel momento deve solo continuare a crescere e mettere a punto tutte le funzioni dei suoi apparati.

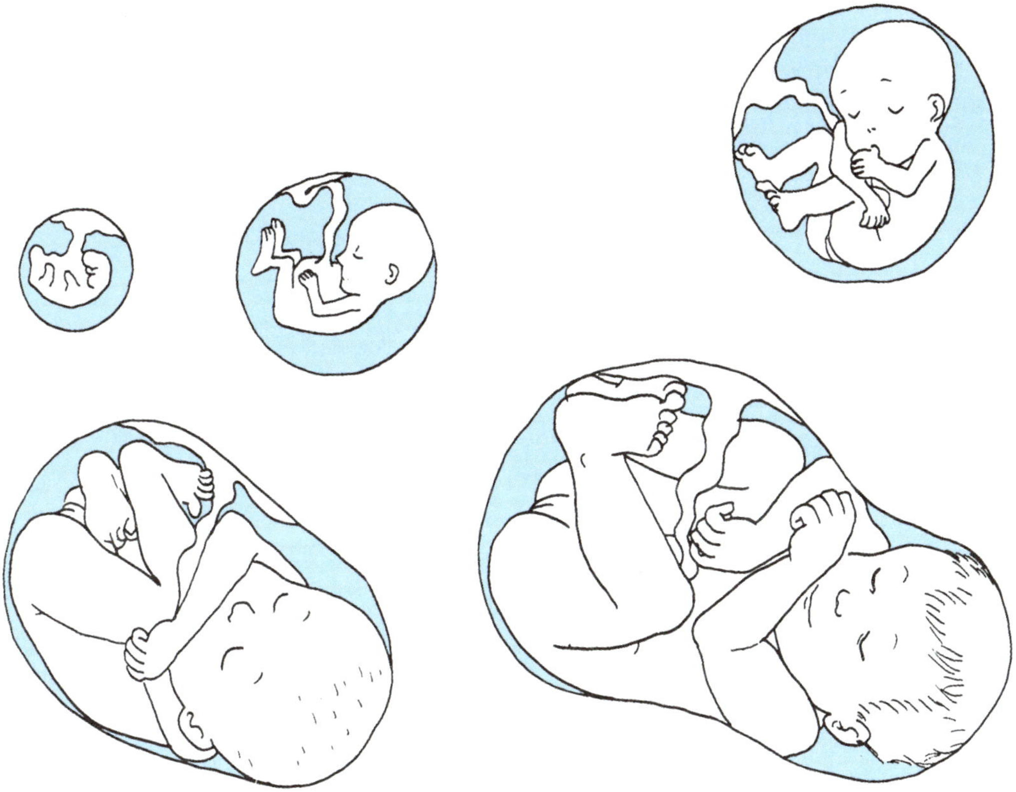

È intorno a questo periodo che la mamma può percepire i primi movimenti, che diverranno sempre più evidenti con il passare del tempo.
Durante la gravidanza, mamma e bambino imparano a conoscersi e a comunicare: il piccolo si abitua ad ascoltare il battito del cuore della mamma, che lo accompagna e lo rassicura, ne sente la voce, così come percepisce suoni e rumori esterni.
Verso il settimo mese il bambino apre gli occhi, è cresciuto di peso e la pancia della mamma si è notevolmente ingrossata: l'utero, per contenerlo, si estende progressivamente, grazie alla forte ed elastica muscolatura di cui è dotato.
Al nono mese il bambino ha completato il suo accrescimento e si dispone nella posizione ideale per poter uscire, rannicchiandosi con il capo rivolto verso il collo dell'utero. A questo punto il bambino ha, in genere, un peso di 2800-3400 grammi e una lunghezza di 48-52 cm.

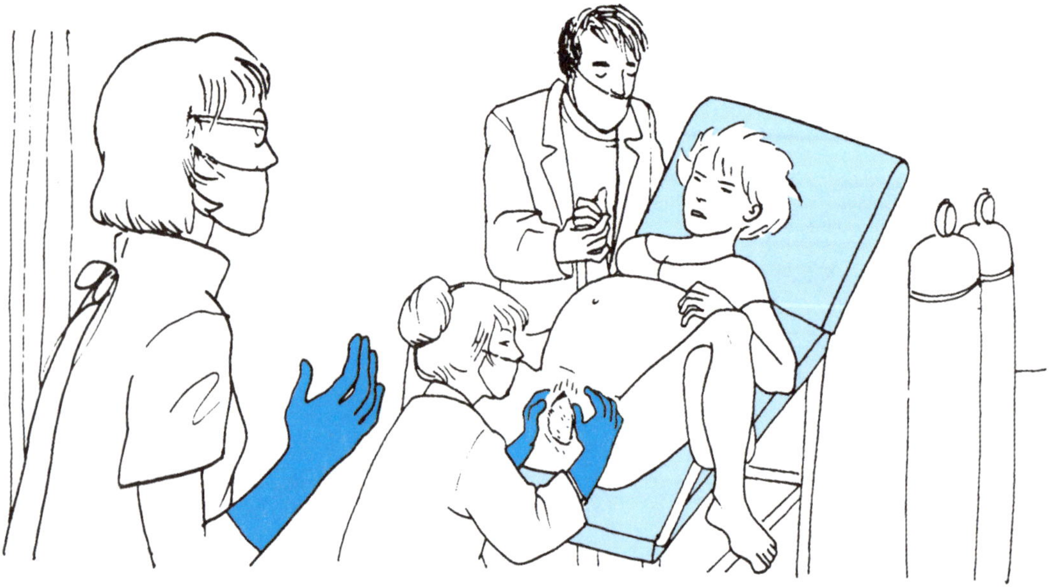

Il parto
Quando il bambino è pronto per uscire, l'utero inizia a contrarsi ritmicamente. Le contrazioni divengono sempre più frequenti e aumentano di intensità, producendo nella donna una crescente sensazione di dolore. Spesso, in questa fase, la donna è aiutata a concentrarsi sulla respirazione, per accompagnare il movimento dell'utero che si dilata, attenuando così la sensazione dolorosa. La durata di questo periodo è in media di 8 ore nelle donne che partoriscono per la prima volta (*primipare*), un po' più breve nelle donne che hanno già partorito (*pluripare*).
Inizia quindi la dilatazione del collo dell'utero, fase che si completa quando esso forma un unico canale con la vagina.
Avviene anche la rottura del sacco amniotico, con la fuoriuscita del liquido in esso contenuto, che ora serve a rendere più agevole il passaggio del bambino lungo l'utero e la vagina.
La testa del bambino inizia a incunearsi attraverso il collo dell'utero.

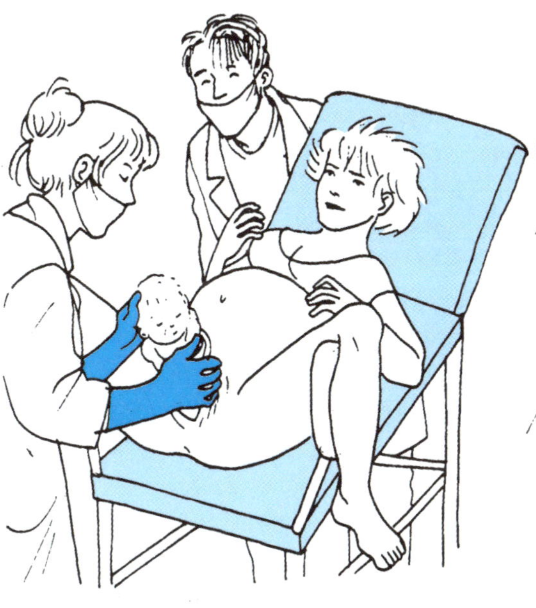

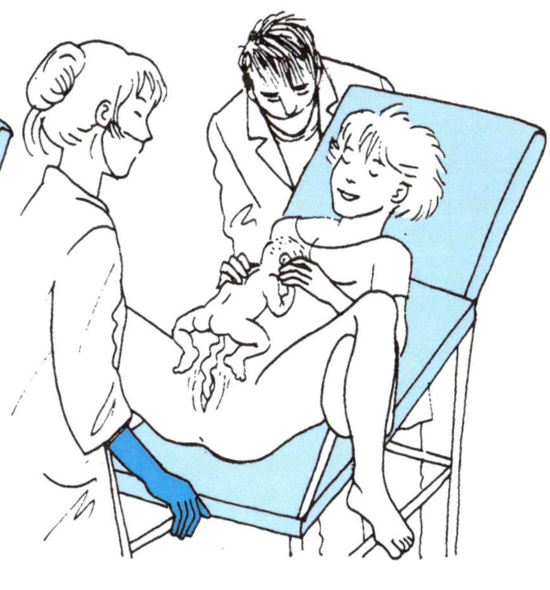

Le contrazioni si fanno più ravvicinate e più forti
e coinvolgono anche la muscolatura addominale.
Il bambino comincia ad apparire all'esterno
del corpo della mamma: dapprima la testa,
quindi una spalla dopo l'altra e infine tutto il corpo
scivolano fuori senza difficoltà.
È un momento di grande gioia: il bambino appena
nato viene posto sul ventre della mamma
e finalmente i genitori possono vederlo!
Il cordone ombelicale tiene ancora in contatto
mamma e bambino. Il piccolo inizia però a respirare
da solo, e quindi il cordone può venire tagliato
e legato perché non fuoriesca sangue.
Per la mamma il parto non è ancora terminato.
Dal suo corpo dovranno venir espulsi la placenta
e il sacco amniotico: l'utero si contrae ancora
e la placenta si stacca dalle sue pareti, venendo
spinta verso l'esterno e trascinando con sé anche
il sacco amniotico.

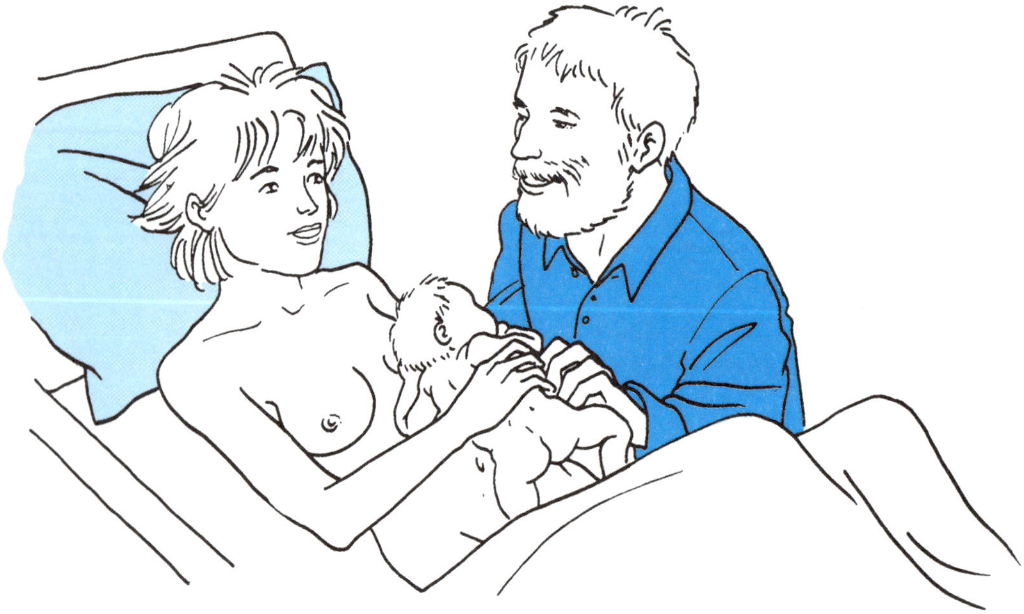

Dopo la nascita del bambino le mammelle della madre iniziano a produrre una secrezione, chiamata *colostro*, che prepara la *montata lattea*, cioè la produzione di latte da parte delle ghiandole mammarie.
La montata lattea può avvenire da uno a cinque giorni dopo il parto; per questo è importante che il bambino possa iniziare presto a succhiare dalla mammella della mamma, in modo da stimolare il capezzolo e la conseguente produzione del latte.
La mammella, che durante la gravidanza si era molto accresciuta, ora ha assunto la forma grossa e arrotondata tipica dell'allattamento. Quando la mamma, dopo alcuni mesi, terminerà di allattare, il suo seno riprenderà la forma e le dimensioni che aveva prima della gravidanza.

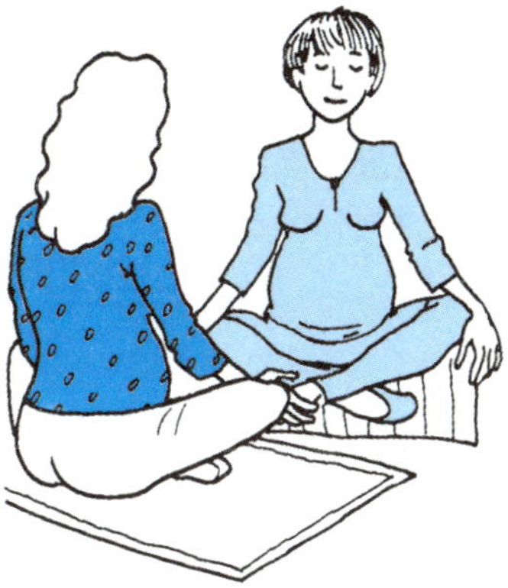

Il parto naturale

Un tempo partorire poteva risultare molto rischioso: spesso la mancanza di igiene e di protezione rappresentavano gravi pericoli per la vita della donna e del bambino.
Oggi si può pensare che il parto sia troppo medicalizzato, ma è un evento importante ed è bene proteggere sia la donna che il suo bambino.
Per quanto riguarda il parto, ad esempio, sono prevalse nel tempo opinioni diverse: ci si confrontava sulla necessità di togliere ogni dolore alla donna attraverso l'anestesia; veniva fatto uso di farmaci particolari per provocare il parto al momento voluto; spesso l'assistenza medica garantita in ospedale non era accompagnata da aspetti altrettanto importanti, come l'attenzione alla persona e alla sua emotività.
Oggi alcune donne e alcune strutture sanitarie scelgono di effettuare il "parto naturale" proprio per riaffermare l'importanza di questo evento, che deve avvenire con la totale partecipazione della madre.
Sono molti gli esempi che sottolineano un nuovo modo di vivere il parto: si insegnano alla donna tecniche di respirazione che aiutano durante il travaglio e facilitano le spinte; si afferma

la consuetudine che il partner sia presente
e che mantenga un contatto diretto con la donna;
si avverte la necessità di vivere questa esperienza
in un ambiente piacevole, non troppo medicalizzato
e asettico; dopo la nascita, il bambino viene posto
sul ventre della mamma per aiutare entrambi
a mitigare la fatica e il trauma del parto attraverso
il contatto dei loro corpi.

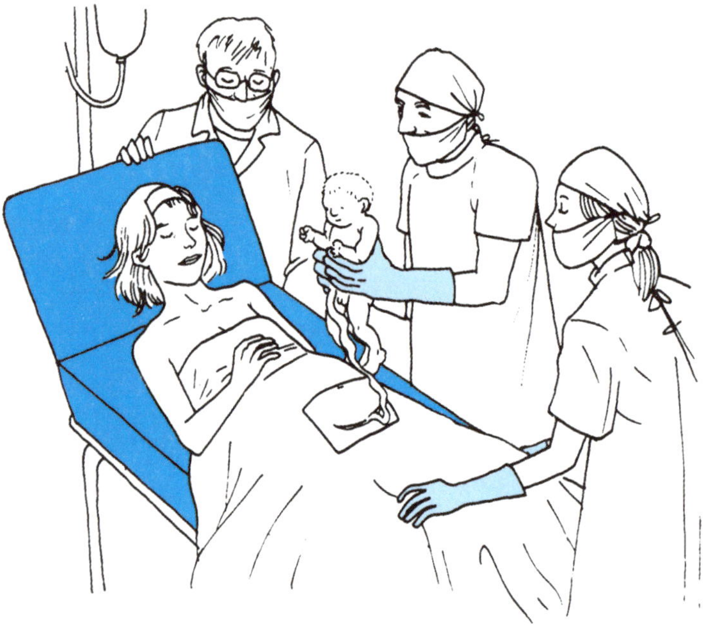

Il parto cesareo
Può accadere, per cause diverse, che il parto
comporti dei rischi per la salute della madre o del
bambino. Si pratica allora un intervento chirurgico,
chiamato parto cesareo. Il chirurgo effettua
un'incisione nel ventre e nell'utero materno,
da cui estrae il bambino.
In qualche caso la donna desidera poter assistere
alla nascita del suo bambino: allora il parto cesareo
viene fatto solo in anestesia locale
e, in alcune occasioni, anche facendo uso
della tecnica dell'agopuntura.

I gemelli

A volte nell'utero materno si possono sviluppare due gemelli. Questo accade quando l'ovulo fecondato si divide a metà. In questo caso, la suddivisione avvenuta nell'ovulo produce anche la divisione a metà dei cromosomi. Per questo i bambini che nasceranno saranno sempre e solo due, dello stesso sesso e pressoché identici. I gemelli che nascono in questo modo si chiamano *monovulari.*

Diverso è il caso dei gemelli che si sviluppano da più ovuli.

Può accadere, infatti, che alcuni ovuli giungano contemporaneamente a maturazione e vengano fecondati da altrettanti spermatozoi. I gemelli che si sviluppano in questo modo possono essere di sesso diverso e non assomigliarsi affatto; a volte sono più di due, ma questa eventualità si verifica raramente.

Di seguito leggerai 10 frasi in cui sono stati tralasciati alcuni termini: prova a completarle tu aggiungendo le parti mancanti.

Mentre la donna produce un solo ...... per ogni ciclo mestruale, l'uomo produce un numero molto elevato di ......: infatti nello sperma emesso in una ...... si trovano milioni di ....

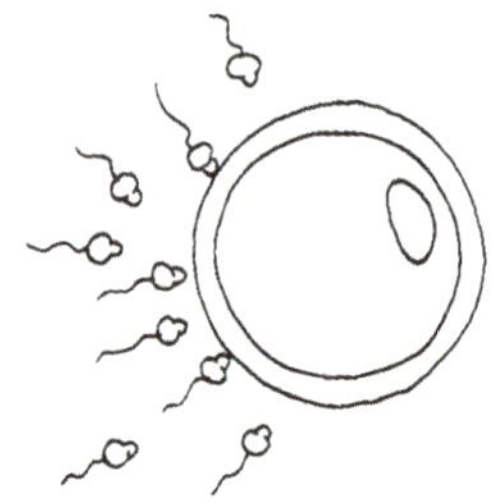

Con la fecondazione si forma una cellula chiamata ...... che unisce il patrimonio genetico dello spermatozoo a quello dell'ovulo.

L'informazione genetica per la differenziazione del sesso è trascritta nei due ...... sessuali che sono chiamati X e Y.

Nella specie umana la durata della gravidanza, calcolata dal giorno d'inizio dell'ultima mestruazione, è di 40 ....

Nel rapporto sessuale, al momento dell'eiaculazione lo sperma viene depositato nella ...... che è un ambiente sfavorevole per la sopravvivenza degli spermatozoi, ed è perciò che essi tendono a risalire verso l'...... alla ricerca di un ambiente più favorevole.

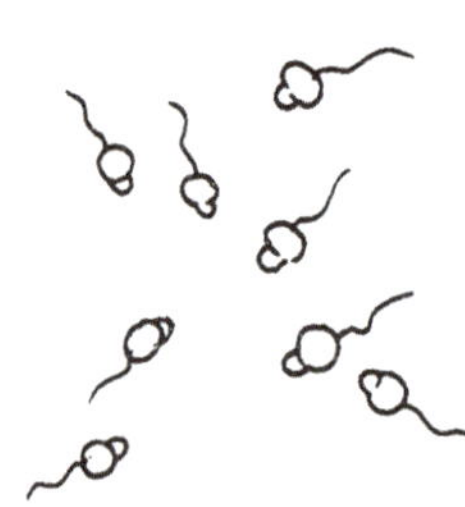

Durante la gravidanza il bambino nella pancia della madre è contenuto e protetto dal ...... costituito da una membrana che produce il ...... in cui il bambino è immerso.

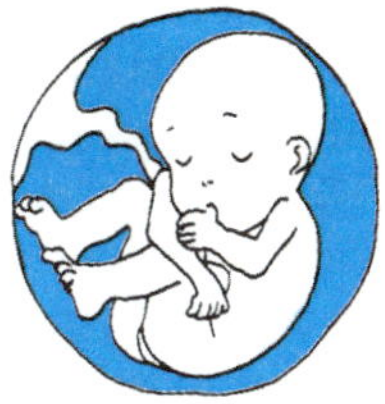

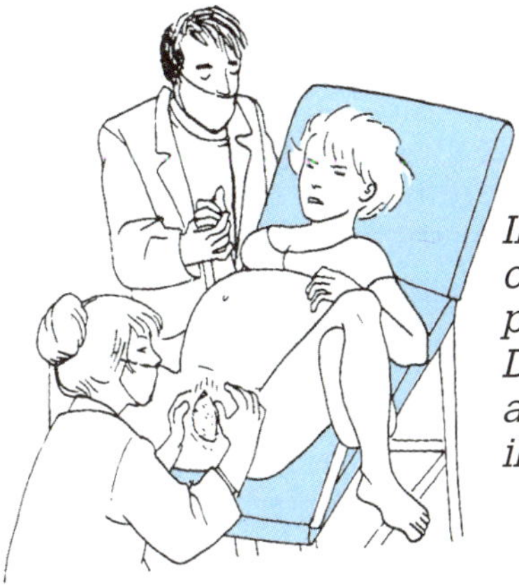

Il ...... ha inizio con le prime contrazioni uterine, che diventano via via più intense e ravvicinate provocando alla fine l'espulsione del bambino. Dopo alcune ore dall'inizio delle ...... comincia a dilatarsi il ...... dell'utero per consentire il passaggio del bambino.

Può succedere che il parto comporti dei rischi per la salute della madre o del bambino. In questo caso si effettua con un intervento chirurgico, chiamato ...... , che consiste in un taglio nell'addome e nell'utero materno da cui viene fatto uscire il bambino.

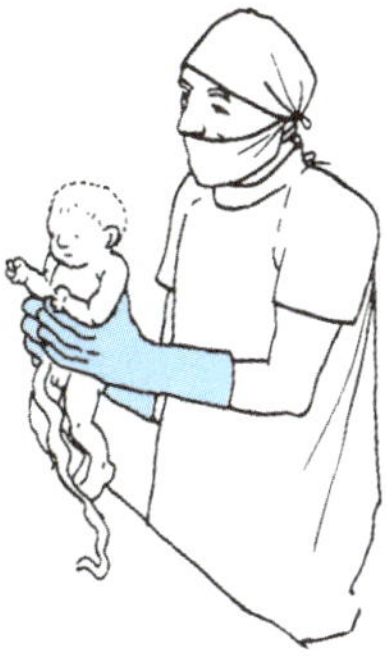

Esistono due tipi di gemelli: quelli ...... che si sono sviluppati da un unico ovulo fecondato che si è diviso a metà, così come si sono divisi a metà i cromosomi che conteneva; quelli non ...... che si sviluppano invece da più ...... che per caso giungono a maturazione e vengono fecondati ognuno da un diverso ......

Verifica le tue risposte con quanto hai letto nel capitolo precedente: troverai conferma alle tue conoscenze e chiarimenti ai tuoi dubbi.

Quanto deve essere lungo un pene per essere normale?
Le dimensioni del pene sono estremamente variabili da individuo a individuo. Nell'adulto il pene allo stato di flaccidità ha all'incirca una lunghezza media di 7-13 centimetri e una circonferenza di 9 centimetri; allo stato di completa erezione ha una lunghezza media di 12-18 centimetri e la circonferenza di circa 12 centimetri.
È comunque provato che non c'è un rapporto diretto tra le dimensioni del pene flaccido e quelle del pene in erezione: è stato infatti osservato che, mentre il pene piccolo può arrivare, quando l'erezione è completa, a raddoppiare, nel pene di maggiori dimensioni tale incremento è molto minore. Inoltre va tenuto presente che l'efficacia sessuale non è legata alla dimensione degli organi sessuali.

Che cos'è la menopausa?
Il termine menopausa è usato per indicare l'ultima mestruazione che compare nella donna durante un periodo, chiamato "climaterio", caratterizzato dal passaggio graduale dalla normale capacità riproduttiva alla definitiva scomparsa dell'attività ovarica.
Il climaterio, che ha inizio intorno ai 44 anni e termina verso i 54, comprende un periodo di pre-menopausa e uno di post-menopausa. La pre-menopausa è caratterizzata da disturbi del ciclo mestruale (cicli brevi si alternano a cicli più lunghi) fino alla scomparsa completa della mestruazione dovuta alla cessazione della funzione ormonale e riproduttiva dell'ovaio. L'età media in cui si verifica la menopausa è di 52 anni.

Si può rimanere incinta anche senza avere un rapporto completo?
Non è impossibile che si verifichi una gravidanza anche nel caso in cui non vi sia stato un rapporto sessuale completo. Infatti se con l'eiaculazione anche una piccola quantità di sperma va a finire sui genitali esterni, è possibile che gli spermatozoi in esso contenuti riescano a raggiungere la vagina e da lì a risalire fino alle tube, dove possono incontrare l'ovulo e fecondarlo. Questo può accadere soprattutto perché, durante la fase ovulatoria, nella donna può verificarsi una fuoriuscita di muco cervicale dalla vagina, e di conseguenza all'esterno di essa si crea un ambiente favorevole alla sopravvivenza e alla risalita degli spermatozoi verso la cavità uterina.

Che cosa si intende per "pillola del giorno dopo"?
Con questa espressione si indica l'assunzione di un preparato ormonale nei tre giorni successivi (meglio entro le 24 ore) a un rapporto sessuale, avvenuto senza protezione o con una protezione insufficiente (per esempio a causa della rottura di un profilattico).

La "pillola del giorno dopo", o contraccezione d'emergenza, è in grado di spostare avanti nel tempo l'ovulazione, se si interviene prima che questa avvenga, riducendo le possibilità di un concepimento indesiderato; se invece si interviene durante o subito dopo la fase ovulatoria, rende la mucosa dell'utero inadatta all'impianto di un embrione.
Il trattamento può dare qualche effetto collaterale, come nausea, dolore al seno e senso di tensione all'addome. L'efficacia della "pillola del giorno dopo" è tanto maggiore quanto prima viene iniziata l'assunzione.
Non protegge da successivi rapporti a rischio.
Trattandosi di un preparato ormonale, ha comunque alcune controindicazioni e necessita di una prescrizione medica.

Per dire che un ragazzo si è sviluppato esiste qualcosa di simile alle mestruazioni per una ragazza?
La raggiunta maturità degli organi sessuali maschili viene rivelata dalla prima eiaculazione (spermarca). È questa la tappa conclusiva del processo di sviluppo (sviluppo puberale) che, iniziato intorno agli 11-12 anni, comporta una serie di modificazioni corporee che coinvolgono sia direttamente gli organi genitali (ad esempio: aumento del volume dei testicoli e del pene, comparsa dei peli pubici) che altre parti del corpo (l'aumento della statura e della massa muscolare, le modificazioni della voce).
La prima eiaculazione può avvenire durante il sonno (polluzione notturna) o in seguito a stimolazione degli organi genitali (masturbazione), ed è accompagnata da una sensazione fisica nuova, generalmente considerata come molto piacevole. Lo spermarca ci informa che gli organi sessuali sono completamente sviluppati e in grado di svolgere le proprie funzioni.

Perché avvenga l'atto sessuale il pene deve essere per forza in erezione?
Le prime volte può accadere che il pene non sia completamente eretto per la paura, perché non siamo pronti e proviamo ansia. Non conviene spaventarsi, se restiamo calmi, se la partner è solidale può accadere che la penetrazione sia possibile anche con il pene non completamente eretto.

Anche un maschio è vergine?
Il maschio che non abbia ancora avuto un'esperienza sessuale completa può essere definito vergine. Il termine verginità è sempre stato però, per tradizione, molto più frequentemente associato alla donna che all'uomo. Per quanto riguarda infatti il sesso femminile, il concetto di perdita della verginità si basa su una modificazione fisica che dovrebbe essere la prova dell'avvenuto rapporto sessuale: la lacerazione dell'imene (la sottile membrana che occlude parzialmente l'orifizio vaginale). Diciamo "dovrebbe

essere la prova" perché è dato ormai certo che se l'integrità dell'imene non è garanzia di verginità, d'altra parte la lacerazione di questo non prova che l'atto sessuale sia in effetti avvenuto. Infatti non sono rari i casi in cui l'imene è talmente elastico da non venire danneggiato durante un rapporto sessuale, mentre può succedere che la lacerazione avvenga accidentalmente, senza rapporto alcuno. Nell'uomo, invece, dal punto di vista fisico non ci sono caratteristiche che possano rivelare la perdita della verginità.

Si può rimanere incinta quando si hanno le mestruazioni?
Teoricamente è impossibile, ma va tenuto presente che non esiste un solo giorno del ciclo mestruale in cui si possa escludere con certezza assoluta la possibilità di fecondazione. Infatti gli spermatozoi possono sopravvivere nel muco cervicale fino a 72 ore, per cui un rapporto può risultare fecondante anche se avviene con alcuni giorni di anticipo rispetto all'ovulazione. Inoltre spesso l'ovulazione può avvenire prima o dopo rispetto ai giorni del ciclo in cui si pensa dovrebbe verificarsi. Se a questo aggiungiamo che l'ovulazione può essere accompagnata per qualche giorno da perdite di sangue, anche cospicue, che possono essere erroneamente identificate come flusso mestruale, risulta veramente difficile individuare con sicurezza un periodo in cui escludere la possibilità di fecondazione.

Come proteggersi dai dolori mestruali?
I dolori durante le mestruazioni riguardano più della metà delle donne fertili. Le cause più frequenti sono i cicli abbondanti, per flusso e per durata, e lo stress fisico ed emotivo. Se il dolore è troppo forte e invalidante conviene consultare il ginecologo: esistono infatti farmaci che, diminuendo le contrazioni delle cellule muscolari dell'utero, riducono anche il dolore. In molti casi risultano efficaci anche la pillola contraccettiva e gli esercizi di rilassamento, che permettono di alleviare tensione e dolore.

Qual è il mezzo anticoncezionale migliore per i giovani?
Il contraccettivo ottimale è quello che, oltre all'efficacia nel prevenire la gravidanza, presenta almeno altre due caratteristiche fondamentali: non è dannoso per la salute di chi l'utilizza ed è ben accettato. Detto questo, appare chiaro che la scelta contraccettiva non può essere generalizzabile, per cui non esiste un "metodo migliore per i giovani", ma c'è la possibilità di scegliere, aiutati da un ginecologo o da un'ostetrica, che sono le persone in grado di dare tutte le informazioni e i consigli utili per la scelta del metodo più idoneo.
Per la protezione dalle malattie sessualmente trasmesse va usato il preservativo.

Cosa vuol dire essere frigida?
Frigidità è un termine di cui nel passato è stato fatto un uso forse non sempre appropriato. Veniva infatti definita frigida la donna che non riusciva a raggiungere l'orgasmo, mentre oggi noi sappiamo che vi è differenza tra la frigidità, che è l'assenza pressoché totale di sensazioni sessuali, e la mancanza di orgasmo, che invece può verificarsi in donne che hanno forti sensazioni di piacere durante l'attività sessuale.

Cosa vuole dire essere impotente?
L'impotenza, che oggi più propriamente viene chiamata disfunzione erettile, è la difficoltà per un uomo di ottenere l'erezione del pene. Non è affatto infrequente che un episodio di impotenza possa interessare un uomo che non ha mai avuto problemi di questo genere, ed esso può verificarsi a tutte le età: nell'adolescente alle sue prime esperienze, come nell'uomo maturo o nell'anziano. L'impotenza può essere causata da fattori fisici o psicologici, ma la modalità con cui si attua è la stessa: c'è un'inibizione della fase vasocongestizia della risposta sessuale, per cui il sangue non viene pompato a sufficienza dentro i corpi cavernosi del pene e l'uomo non ottiene l'erezione. È bene consultare un andrologo.

Esiste un periodo nella vita di un uomo corrispondente alla menopausa?
Per l'uomo non è possibile stabilire con la stessa certezza né l'inizio né la fine della sua vita feconda. È possibile affermare l'esistenza del climaterio maschile, e cioè la fase in cui, progressivamente, nell'uomo si assiste a un calo della produzione dell'ormone sessuale maschile (testosterone) con conseguenti modificazioni anche nella risposta sessuale (ad esempio un rallentamento della fase di erezione), ma non è possibile parlare di menopausa maschile in quanto nell'uomo la produzione di spermatozoi non cessa, ed egli continua a essere potenzialmente fertile anche in età molto avanzata.

Cosa succede se resti incinta e hai ancora rapporti sessuali?
Non vi sono controindicazioni ai rapporti sessuali durante una normale gravidanza.

Per fare l'amore bisogna essere innamorati?
La decisione di avere rapporti sessuali al di fuori di un contesto affettivo rientra nella gamma di possibilità che ha ciascun individuo. Non è raro che una persona decida di avere rapporti sessuali anche o solo al di fuori del rapporto affettivo. È importante, però, perché anche in questo caso sia una buona esperienza, che la scelta venga fatta nel pieno rispetto dell'altro e della sua libera adesione.

Un uomo impotente può provocare una gravidanza?
Un uomo che non ha erezione, o ha un'erezione parziale, può provocare una gravidanza se non è compromessa la sua funzione eiaculatoria. Anche se non riesce nella penetrazione, può essere sufficiente che l'eiaculazione avvenga all'ingresso della vagina perché ci siano buone possibilità che gli spermatozoi riescano a compiere comunque il percorso verso le tube e a fecondare l'ovulo.

Che cos'è l'orgasmo per la donna?
Sia nell'uomo che nella donna l'orgasmo è il momento in cui, durante un rapporto sessuale o attraverso la masturbazione, il piacere fisico raggiunge la massima intensità.
La risposta sessuale, maschile e femminile, è caratterizzata da una serie xdi fenomeni fisici, che possono essere distinti in due fasi diverse: fase vasocongestizia e fase dell'orgasmo.
Nella donna, durante la prima fase, si verificano delle modificazioni di tipo vascolare che coinvolgono soprattutto gli organi genitali (lubrificazione della vagina, erezione del clitoride, spostamento dell'utero verso l'alto, dilatazione e colorazione delle piccole labbra, inturgidimento dell'ingresso e della parte iniziale della vagina). Nella fase dell'orgasmo si verificano delle contrazioni muscolari involontarie che coinvolgono soprattutto i muscoli del bacino, il respiro si fa più intenso, il cuore batte forte e tutto il corpo viene investito da una sensazione di piacere molto intensa.

È vero che masturbarsi fa male agli organi genitali?
Non esiste assolutamente alcun pericolo di danneggiare gli organi sessuali attraverso la masturbazione. Affermare il contrario significa perpetuare il tramandarsi di un vecchio pregiudizio. L'associazione tra masturbazione e danno fisico non ha alcun fondamento scientifico, ma risente di condizionamenti culturali e religiosi. Infatti le religioni più diffuse (la cristiana, l'islamica e l'ebraica) hanno sempre condannato questa pratica e ancora oggi, nonostante sia considerata una tappa normale del processo di sviluppo psicosessuale, è possibile che venga vissuta con un po' d'ansia o con sensi di colpa.

Si può contrarre l'AIDS anche se non si hanno rapporti sessuali?
La trasmissione del virus dell'AIDS può avvenire attraverso modalità diverse: una delle possibilità di trasmissione è il rapporto sessuale con persone sieropositive (cioè contagiate dal virus). Si può venire contagiati anche attraverso la trasfusione di sangue infetto o l'uso di siringhe e aghi contaminati da sieropositivi. Quest'ultimo caso è molto diffuso tra i tossicodipendenti a causa dell'utilizzo di una stessa siringa per più

persone. Un'altra via di trasmissione del virus è tra la madre sieropositiva e il bambino, e il contagio può avvenire o al termine della gravidanza o durante il parto o con l'allattamento.
Il contagio attraverso il bacio con scambio di saliva è teoricamente possibile, anche se molto improbabile, solo nella situazione in cui la persona sana abbia delle lesioni sulla mucosa della bocca. Non esiste invece il rischio di contagio nelle seguenti situazioni: abbracci, strette di mano, cinema, palestra, luoghi di lavoro, visite in ospedale, visite mediche, bar, toilette, telefoni pubblici e in tutte le normali situazioni di contatto che avvengono nella vita quotidiana.

Anche gli anziani hanno rapporti sessuali?
Il passaggio dalla maturità all'invecchiamento è caratterizzato da una serie di modificazioni sia sul piano biologico che su quello sociale che comportano un notevole impatto emotivo per l'individuo.
Il segnale più evidente è rappresentato dai cambiamenti di natura estetica, dalla scomparsa della capacità riproduttiva per la donna e da una diminuzione, per l'uomo, delle reazioni allo stimolo sessuale.
Sul piano sociale il cambiamento più significativo coincide generalmente con la fine dell'attività lavorativa. Tutti questi eventi possono portare a una condizione interiore caratterizzata dalla rinuncia, di cui spesso l'attività sessuale è fortemente investita. Su questa rinuncia incide pesantemente un condizionamento culturale per il quale la sessualità viene associata con la giovinezza. Se un uomo e una donna lo desiderano possono continuare a vivere felicemente e con appagamento la propria sessualità.
Perché ciò si verifichi è necessario che il partner abbia la stessa volontà di non rinunciare e di continuare a condividere desideri ed emozioni.

È vero che per fare i bambini non è sempre necessario un rapporto sessuale?
I bambini possono essere concepiti anche avvalendosi delle tecniche di centri specializzati cui ci si rivolge nel caso vi siano problemi organici. Questi sistemi di aiuto prevedono vari tipi di intervento.
1) Un primo intervento consiste nella stimolazione dell'ovulazione femminile tramite la somministrazione di ormoni.
2) Un secondo tipo di intervento, l'inseminazione artificiale, prevede l'introduzione del seme maschile nell'apparato riproduttivo femminile, a vari livelli.
3) Infine, la procedura più complessa tra i metodi di fecondazione assistita è la fecondazione in vitro: tecnica che prevede il prelievo dell'ovocita e la fecondazione in laboratorio da parte di spermatozoi. Una volta fecondato, lo zigote (formato dall'unione di una cellula sessuale maschile con una femminile) viene introdotto nell'utero materno.

APPARATO GENITALE È l'insieme degli organi genitali. Quello femminile comprende: vulva, vagina, utero, tube o trombe di Falloppio, e ovaie. Quello maschile comprende: pene, scroto, testicoli, dotti deferenti, vescicole seminali, prostata, uretra.

APPARATO SESSUALE (o sistema riproduttivo) Comprende gli organi genitali e le *ghiandole* (vedi) che producono le sostanze che stimolano o controllano le funzioni degli organi sessuali e lo sviluppo dei *caratteri sessuali secondari* (vedi).

CARATTERI SESSUALI Sono i segni e le qualità proprie di ciascun sesso. Identificano e distinguono i maschi e le femmine. Si dividono in primari, costituiti dalle ghiandole genitali e dagli organi genitali dell'uomo e della donna, e secondari, che caratterizzano l'individuo come uomo o come donna. Nel maschio, dopo la pubertà, i più evidenti tra questi sono la barba, la voce profonda, il forte sviluppo muscolare. Nella femmina sono i seni e il bacino largo e tondeggiante.

CARATTERISTICHE GENETICHE Sono tutte le caratteristiche dell'individuo registrate nei geni dei *cromosomi*: ad esempio il colore degli occhi, della pelle, la statura, il carattere, la forma delle mani eccetera.

CLITORIDE È un organo esterno dell'apparato genitale femminile, posto nella parte superiore della vulva. Essendo ricco di terminazioni nervose, è molto sensibile alla stimolazione, diretta e indiretta, e svolge un ruolo importante nella risposta sessuale femminile.

DIMORFISMO SESSUALE È l'insieme delle caratteristiche fisiche e psicologiche che differenziano i due sessi.

ECOGRAFIA È un esame che si effettua per mezzo di uno strumento che si avvale degli ultrasuoni e che visualizza i vari apparati. L'esame ecografico può essere fatto per il cuore, per i polmoni... Trova un impiego importante in gravidanza per il controllo dello sviluppo del feto.

EMBRIOLOGIA È una particolare branca della medicina che si occupa dello studio delle varie fasi di sviluppo dell'embrione.

EPIDIDIMO È un organo a forma di semiluna che sormonta il testicolo, e in cui confluiscono i tubuli del testicolo attraverso i quali arrivano gli spermatozoi. L'epididimo è un canale lungo all'incirca 7 m. Oltre a funzionare come serbatoio degli spermatozoi, l'epididimo possiede anche un'altra importante funzione: in esso infatti, grazie a un meccanismo ancora non ben noto, gli spermatozoi acquistano la capacità di movimento che non avevano quando erano nel tubulo seminifero.

FECONDAZIONE È l'unione dello spermatozoo maschile con l'ovulo femminile: può avvenire quando un uomo e una donna hanno un rapporto sessuale senza l'uso di mezzi contraccettivi.

GHIANDOLA Organo che produce sostanze utili al funzionamento dell'organismo. Alcune ghiandole

emettono all'esterno le sostanze prodotte, e sono dette esocrine (ad esempio quelle che secernono la saliva, il sudore, le lacrime); altre le immettono direttamente nel sangue e sono dette ghiandole endocrine. Tra i prodotti delle ghiandole endocrine ci sono gli ormoni; questi, condotti dal sangue, vanno ad agire sulle parti del corpo cui sono destinati. Le ghiandole sessuali, dette anche gonadi, sono il testicolo per il maschio e l'ovaio per la femmina. Questi producono un tipo di ormoni detto *ormoni sessuali* (vedi).

GLANDE È la parte terminale del pene.

IDENTITÀ DI GENERE Esiste un sesso biologico che ci identifica come maschi o come femmine sulla base delle caratteristiche fisiche che possediamo. Esiste poi un sesso psicologico che ci permette di sentirci come appartenenti al genere maschile o a quello femminile. Si definisce identità di genere il riconoscersi come maschi o come femmine.

IPOFISI È una *ghiandola* (vedi) endocrina che attraverso gli ormoni che produce svolge una funzione coordinatrice rispetto all'attività delle altre ghiandole endocrine. La sua attività, insieme a quella dell'*ipotalamo* (vedi), è molto importante durante la *pubertà* (vedi). In questo periodo l'ipofisi controlla lo sviluppo sessuale producendo degli ormoni che, diretti alle ovaie (nella femmina) e ai testicoli (nel maschio) ne stimolano il funzionamento e la produzione di *ormoni sessuali* (vedi).

IPOTALAMO Struttura cerebrale encefalica. Durante la pubertà, ipotalamo e *ipofisi* (vedi) inviano un messaggio ormonale ai testicoli (nel maschio) e alle ovaie (nella femmina), che cominciano a funzionare e a produrre gli *ormoni sessuali* (vedi). Questi ormoni provocano le modificazioni che trasformeranno il corpo del bambino in un corpo adulto.

ORMONI SESSUALI Sono sostanze chimiche prodotte dalle gonadi (ovaie e testicoli) che si distinguono in androgeni (ormoni sessuali maschili), estrogeni e progestinici (ormoni sessuali femminili). Questi ormoni controllano la funzione degli organi sessuali e lo sviluppo dei *caratteri sessuali secondari* (vedi).

OVULAZIONE È la fase del ciclo mestruale in cui si verifica lo scoppio del follicolo da cui fuoriesce l'ovocita maturo e pronto per essere fecondato.

PREPUZIO Il pene è ricoperto da un tessuto epiteliale elastico che nella parte che riveste il glande è mobile e prende il nome di prepuzio. Il prepuzio è fissato al glandeda un sottile legamento che si chiama frenulo.

PROSTATA È un organo dell'apparato genitale maschile situato appena al di sotto della vescica urinaria e attraversato dall'uretra. Produce un liquido lattiginoso che, insieme a quello proveniente dalle vescicole seminali, forma il liquido seminale.

PUBE È la parte del corpo, simile a un triangolo, situata fra il basso ventre e le cosce.

RIPRODUZIONE È la funzione che permette a un uomo e una donna di generare un altro essere umano.

RUOLO SESSUALE Ogni cultura e società ha un suo modo particolare di esprimere la differenza tra i due sessi. Generalmente questa si esplica nei modi di fare, negli atteggiamenti, nelle abitudini che indicano l'appartenenza di una persona a un sesso piuttosto che all'altro. L'insieme di questi comportamenti, riconosciuti dalla società come tipicamente maschili o femminili, rappresenta il ruolo sessuale.

SENSI Sono i mezzi attraverso i quali il nostro corpo conosce e comunica con il mondo esterno, cose o persone. Sono cinque: la vista, l'olfatto, l'udito, il gusto, il tatto.

URETRA È l'ultimo tratto della via urinaria. L'uretra è collegata con la vescica e termina nel meato uretrale dal quale fuoriesce l'urina. Nella donna è lunga circa 5 cm ed è differenziata dalla via riproduttiva. Nell'uomo tale condotto è lungo circa 12 cm e coincide con la via d'uscita del liquido seminale. Tuttavia un sistema di valvole fa sì che in questo canale non si verifichi mai la presenza contemporanea di urina e di liquido seminale.

PROCREAZIONE MEDICALMENTE ASSISTITA
Una coppia, che ha problemi per portare avanti il processo di fecondazione in modo naturale, può ricorrere a un intervento medico specialistico.
La **PAM**, procreazione medicalmente assistita, è di due tipi:
In vivo e allora si parla di inseminazione artificiale che consiste in:
• inseminazione sopracervicale, in ciclo naturale, utilizzando tecniche di preparazione del liquido seminale
• induzione dell'ovulazione multipla associata a inseminazione sopracervicale, sempre utilizzando tecniche di preparazione del liquido seminale
• eventuale crioconservazione dei gameti maschili.
In vitro e allora si parla di:
• FIVET, fertilizzazione in vitro con trasferimento di embrioni. Prevede il prelievo dell'ovocita dalla madre e in provette particolari avviene l'incontro con gli spermatozoi del padre. L'embrione che si forma viene trasferito nella cavità uterina.
• GIFT, trasferimento intratubarico di gameti, consiste nell'inserire nelle tube gli spermatozoi e gli ovociti. L'incontro viene predisposto nella tuba e da questo puo' partire il processo naturale.
• ICSI, tecnica che consiste in un'iniezione con una micro pipetta di un singolo spermatozoo all'interno dell'ovocita. L'ICSI è utile in caso di infertilità maschile, quando ci sono pochissimi spermatozoi, poco mobili.

In Italia la procreazione medicalmente assistita è regolata dalla Legge 40 del 2004 e dalle Linee guida in materia di procreazione medicalmente assistita **(Decreto 11 aprile 2008, Gazzetta Ufficiale n. 101 del 30 aprile 2008).**